CIP- Titelaufnahme der deutschen Bibliothek

Behzad Mihankhah
Leo: Der bekannteste Löwe der Welt
Aus dem Persischen übersetzt von Hossein Mansouri
Bilder illustriert von Banafsheh Sadeghi
ISBN: 978-3-944201-56-6

Satz und Layout: Melina Cahnbley
Umschlaggestaltung: Melina Cahnbley
Druckvorstufe: Sujet Verlag, Bremen
Printed in Europe
1. Auflage 2016

www.sujet-verlag.de

Behzad Mihankhah

Leo: Der bekannteste Löwe der Welt

Erzählung | Fabel

Aus dem Persischen übersetzt
von Hossein Mansouri

sujet verlag

Widmung

Meiner Meinung nach ist die Freundschaft der höchste vom Menschen zu erfahrende Genuss. Gleichzeitig ist die Freundschaft eine der ernsthaftesten und sinnvollsten Beziehungen, die unser vollbeschäftigtes und anstrengendes Leben in Freude, Herzenswärme und Hoffnung begleitet und uns auf zauberhafte Art und Weise in jenen Momenten, in denen wir aus Erschöpfung kurz vor einem Ausfall stehen, die Kraft gibt, das Unmögliche möglich zu machen. Die Liebe erscheint sogar in den kleinsten Ecken einer simplen, freundschaftlichen Beziehung persönlich und in all ihrer Größe, in voller Kraft.

Ich widme diese abenteuerliche Geschichte, die vor allem ein Bild dieser Erfahrung und einen Lob an die Freundschaft ist, der liebsten und treuesten Freundin meines Lebens:

Für meine Frau Mehran...

1

Leo war der bekannteste Löwe der Welt: groß, stark und einzigartig.

Öffnete er das Maul, konnten fünf Menschenköpfe gleichzeitig darin Platz finden. Sogar Königin Elizabeth III empfand es als eine ihrer größten, genauer gesagt als höchste Ehre, ihren Kopf in Leos Maul stecken zu dürfen.

Schließlich hatte keine andere Königin vor ihr je ein solches Abenteuer durchlebt.

Ach, welch ein Tag, welch ein großartiger Tag! Diesen Tag würde niemand vergessen, egal ob Mensch oder Tier.

Alle Fernsehsender der Welt übertrugen das Ereignis live. Sogar die Spatzen-Küken, die heute an Leos Geburtsort in einem Urwald im Herzen Afrikas aus ihren Eiern geschlüpft waren, bekamen dank der Berichte einer Elster die Nachricht von dem Ereignis mit, von dieser prächtigen und glanzvollen Zeremonie.

Es schien, als kämen alle Londoner, um zuzuschauen. Es schien, als wäre London der Treffpunkt sämtlicher Erdbewohner.

Noch erstaunlicher war, dass es an diesem Tag nicht regnete.

Was für eine Menschenmenge! In der Ehrenloge saß die Königin mit blassem Gesicht auf ihrem prunkvollen

Königsthron und trug ihre goldene Krone.

Zu ihrer Rechten war der goldene, Juwelen-geschmückte Käfig von Leo zu sehen, an dem vierzig weltberühmte Goldschmiede und ebenso viele namhafte Juweliere sieben Monate lang gearbeitet hatten.

Erst defilierten siebentausend Soldaten in gleicher Uniform, mit gleichem Gesicht und von gleicher Größe im Gleichschritt ermüdend an Königin und Leo vorbei, danach flatterten plötzlich Tausende und Abertausende weiße Tauben auf, die nur Leos wegen von überall her nach London geflogen waren und nun den Stadthimmel weiß färbten.

Und dann begann jene Zeremonie, welcher die ganze Welt entgegenfieberte.

Die Königin stieg von ihrem königlichen Thron herab und nahm am Esstisch Platz.

Dann wurde die Tür von Leos goldenem Käfig geöffnet und wieder einmal durfte der Held unserer Geschichte seine berühmte Aufführung präsentieren - mit dem Unterschied, daß diesmal auch Königin Elizabeth III darin eine Rolle spielte.

Leo verließ mit angenehmer Höflichkeit, Artigkeit und zugleich der standhaften Manier eines wahren Löwen seinen goldenen Käfig und lief ruhigen, sicheren Schrittes, so wie die Löwen sich ihrer Beute nähern, in Richtung Esstisch.

Es war die Königin, die zuerst den Atem anhielt.

Nach ihr waren es die Anwesenden und danach schließlich die Fernsehzuschauer, die ebenfalls den Atem anhielten! Und das, obwohl Leo schon immer demonstriert hatte, daß er überhaupt kein Anhänger von Gewalt oder Ähnlichem war - aber immerhin war er ein Löwe, dreimal so groß wie ein normaler Löwe.

Und ihr habt bestimmt nicht vergessen, daß in seinem geöffneten Maul fünf Menschenköpfe gleichzeitig Platz finden konnten.

Jedoch werden Löwen im Zirkus, oder wo auch immer sie auftreten, stets durch Stacheldraht und kräftige Stahlgitter von den Zuschauern getrennt, um diese zu schützen. Und der Name der einzigen bedauernswerten Person, die seinen engen Aktionsraum betreten darf, ist „Dompteur" oder, wie man ihn heutzutage nennt „Tierlehrer", nicht aber „Königin Elizabeth III"!

Im Übrigen hatte Susi, eine berühmte friedliche Löwin, die seit ihrer Kindheit in einem Zoo in Colorado lebte, neulich vor den Augen entsetzter Zuschauer wütend ihren armen Dompteur angegriffen, ihn zwischen die Zähne genommen und war mit ihm hinter der Bühne verschwunden.

Diesen spannenden Vorfall um Susi und ihren Dompteur zeigten die Fernsehsender an diesem Abend etliche Male, um die Gemüter noch mehr anzuheizen und darüber hinaus den Ernst der königlichen Aufgabe hervorzuheben.

Leo, dieser merkwürdige und beispiellose Löwe, der die Herzen der ganzen Welt erobert hatte, machte mit all dem kurzen Prozess:

Bevor das Herz der Königin, das unter Dauerüberwachung der besten Kardiologen stand, und auch die Herzen der Zuschauer vor lauter Spannung zum Stillstand kamen, nahm er mit einem sonderbaren Lächeln auf seinem Löwenmaul und den Manieren eines gewandten Shakespeare-Darstellers wie ein wahrer, höflicher Löwe am Esstisch gegenüber der Königin Platz, band sich eine Serviette um den Hals, und begann wie die Menschen mit Messer und Gabel sein großes, saftiges Steak zu vertilgen.

Alle Erdbewohner schrien auf einmal „hurra" und hauchten ihren Atem, den sie bis dahin in ihren Lungen eingesperrt hatten, beschwingt aus... Anschließend putzte man Leo den Mund und die Zähne mit einer speziell für ihn angefertigten Zahnbürste eines renommierten Herstellers.

Über Zähneputzen freute sich Leo immer– und nun kam es zum wichtigsten Augenblick des Abends: Königin Elizabeth III setzte ohne jegliche Furcht ihre goldene Krone ab und steckte ihren Kopf vor den erstaunten Augen der ganzen Welt in den Rachen des Löwen!

2

An dem Tag, als Frau Professorin Tina Hamilton, die an der Harvard University in Massachusetts Zoologie, Tierpsychologie und Sprachen lehrte - sowie jahrelang in den Wäldern ihren Forschungen nachging - plötzlich in einem grünen Dschungel im Herzen Afrikas den schönen und überdimensionalen Leo erblickte, pries sie ihr Schicksal.

Als intelligente Frau begriff sie sofort, daß das wesentliche Ereignis ihres Lebens nicht mehr die Entdeckung einer Horde Kreuzworträtsel lösender Gorillas auf einer indonesischen Insel war, sondern die heutige Entdeckung von Leo.

Dieser schöne und riesige Löwe ihr gegenüber könnte doch derjenige sein, der die Sprache der Menschen verstand. Tina Hamilton hob sofort die linke Hand zur Beruhigung ihrer erschrockenen Begleiter.

Und während sie in die großen Augen Leos starrte, ohne an das, was ihr gerade begegnete, glauben zu können, schluckte sie ihren zäh gewordenen Speichel herunter und sagte:

„Bitte laufen Sie nicht weg und greifen Sie uns nicht an. Ich muß voller Ehrfurcht sagen, daß Sie der stärkste, schönste und gleichzeitig größte Löwe sind, den ich in meinem ganzen Leben gesehen habe."

Ich muß gestehen, daß Leo aus tausenden Gründen sehr überrascht war, von denen drei am schwersten wogen.

Erstens: es stimmte zwar, daß er die Menschensprache gelernt hatte und sie gut verstand, aber es war das erste Mal, daß ein Mensch ihm direkt in die Augen schaute und mit ihm ins Gespräch kommen wollte.

Zweitens: eine Menge Waffen zielten gerade auf ihn. Zwar besaß er ein Löwenherz, aber jedermann, auf den einmal eine Waffe gerichtet war, weiß, was für ein schreckliches Gefühl einen dabei befällt.

Und drittens: die Frau Professorin, eine hochintelligente Ausnahmefrau, die mit zweiundzwanzig ihren Doktortitel erhalten hatte, war abgesehen von ihrer Intelligenz und ihrer angenehm klingenden Stimme, außerordentlich hübsch. Sie war in der Tat das schönste Geschöpf, das Leo bis dahin erblickt hatte.

Sprachlos und perplex verharrte er wie angewurzelt an seinem Platz inmitten vom Gebüsch und schaute mit rasendem Herzen und einem seltsam menschlichen Blick Frau Hamilton zu, ohne ihre Begleiter aus den Augen zu verlieren.

Mit ihrem goldenen, von mehrtägigen Expeditionen im Herzen Afrikas zerzausten Haar, mit ihrer hellen Haut, auf der die Sonne während langer Reisen durch Savannen und Steppen ihre braunen Spuren hinterlassen hatte, mit ihren lächelnden glänzenden Augen, und in ihrer dünnen Bekleidung, die den Eindruck erweckte, sie hätte nichts an, könnte sie von einem Löwen als mustergültige Beute gesehen werden.

Die angenehm klingende Stimme von Frau Hamilton brachte Leo wieder zu sich selbst und befreite ihn von all den widersprüchlichen Empfindungen, die sich seiner bemächtigt hatten. Plötzlich fühlte er, daß er lieber sterben würde als jemals auf den Genuss zu verzichten, den ihm ihre schöne Stimme bereitete.

Die junge Frau, die in Anbetracht von Leos menschlichem Blick wieder Mut gefaßt hatte, fuhr gelassen wie jemand, der ein solches Abenteuer zu durchschauen vermag, und im Bewußtsein des eigenen Zaubers in einem verständnisvollen, freundlichen und ungekünstelten Ton fort:

„Selbstverständlich weiß ich, daß ich Sie in eine schwierige Lage gebracht habe, aber Sie, lieber Löwe, sind wahrscheinlich der letzte Überlebende Ihrer Art."

Leo raffte sich ein wenig zusammen. Eine kleine Bewegung seinerseits brachte Frau Hamilton zum Schweigen und jagte ihren Begleitern neuen Schrecken ein. Gemächlich und friedlich setzte er sich auf seine Hinterpfoten, räusperte sich und sagte mit der Würde eines wahren Löwen und dennoch mit einer unheimlich menschlichen Stimme:

„Ich bitte Sie, gnädige Frau. Es ist selbstverständlich, daß ein Gespräch mit einer vornehmen Dame wie Ihnen mir in jeder Hinsicht Freude bereitet, aber solange die Waffen Ihrer Begleiter auf mich gerichtet sind, kann ich zu meinem tiefsten Bedauern kein einziges Wort über die Lippen bringen."

Leos Tonfall, seine Art, sich zu artikulieren und seine Bewegungen waren derart menschlich, elegant und angenehm, dass man unweigerlich an einen hervorragenden Schauspieler denken mußte, der gerade die Rolle des Macbeth spielte.

Alle waren so beeindruckt, daß sie für einen Moment vergaßen, es mit einem riesigen Löwen zu tun zu haben, der sie im Handumdrehen verschlingen könnte.

Ungläubig, beschämt, und ohne daß Frau Hamilton sie dazu aufgefordert hätte, senkten sie ihre Waffen und starrten in Leos große Löwenaugen, die beim Sprechen auffallend menschlich wirkten und größer waren als die Augen irgendeines anderen irdischen Wesens - so groß wie die glänzenden Kugeln, die man an den Weihnachtsbaum hängt.

Das Senken der Waffen war ein erschütternder Vorgang und versetzte sogar die tapfere Frau Professorin in Staunen.

Es ist wahr, daß es in der Forschungsgruppe einzelne Mitglieder gab, die Frau Hamilton auf ihren gefährlichen Expeditionen aus eigennützigen Gründen folgten, getrieben von Schatzsuche und Goldrausch. Die meisten jedoch waren ethisch forschende Wissenschaftler und abenteuerlustige Studenten, die sich guten Willens dem Schutz von Tieren und Wäldern verschrieben hatten.

In diesem Moment wurde Frau Hamilton plötzlich gewahr, daß sie auf wunderbare Weise teilhatte an einem großen, ja außergewöhnlichen Erlebnis.

Darüber hinaus spürte sie, daß sie als empirische Wissenschaftlerin, die sich mit der Erforschung der Natur befaßte und niemals zuvor religiöse Gedanken gehegt hatte, gerade dabei war, dem Schöpfer der

Welt für das ihr bescherte merkwürdige Schicksal zu danken. Kurze Augenblicke, aber so geartet, daß sie einem ganzen Leben Bedeutung und Sinn verleihen!

Das schöne Sprechen des Löwen hatte alle verzaubert. Sein friedliches Benehmen, sein Blick, seine Stimme, seine Worte und seine Anziehungskraft beseitigten alle Zweifel. Die schöne Frau zögerte nicht länger. Sie öffnete ihre Arme und schritt wie ein zahmes folgsames Opfer, das zum Altar geführt wird, gemessen und lächelnd auf den Löwen zu.

Leo hingegen, dessen Gesichtsausdruck nun voll und ganz dem jener glich, die ihre Entscheidung endlich gefällt haben, genoss diese Szene mit der Genauigkeit eines Filmemachers und prägte das Nahen der Beute oder, besser gesagt, des schönsten Lebewesens, das er bisher gesehen hatte, ihre offenen Arme, ihr freundliches Lächeln, und das Rascheln ihrer sich ihm in der Stille des Dschungels furchtlos nähernden Schritte für immer in sein Gedächtnis ein.

Leo und Tina Hamilton wurden Freunde, ohne zu ahnen, daß diese Freundschaft die wertvollste und verlässlichste Verbindung ihres Lebens werden würde.

3

Löwen bringen meistens Vierlinge und in seltenen Fällen Sechslinge zur Welt.

Leo aber war das siebte Kind seiner Familie und deshalb ganz besonders.

Er wurde am Ende der Nacht geboren, Sekunden nach der Geburt seiner drei Brüder und seiner drei Schwestern - einer Geburt, die von lauten Schreien der Neugeborenen und den Wehrufen ihrer Mutter begleitet war.

Im Gegensatz zu allen anderen Katzenarten, kam Leo mit offenen Augen zur Welt, und trotz seines geringen Alters wunderte er sich sehr über die plötzlich herrschende Stille im Herzen des grünen Dschungels.

Es kam ihm so vor, als gäbe es die ganzen Schreie und Rufe nur im Bauch seiner Mutter. Schweigend und mit großer Neugier sahen die anwesenden Dschungel-Bewohner der Geburt des siebten Löwen zu.

Wie Bobo es Leo erzählt hatte - im Laufe gemeinsamer schlafloser Nächte an Leos grünem Geburtsort im Herzen Afrikas, dessen klarer Sternenhimmel den Schlaf aus den Augen eines jeden Lebewesens (Bobo ausgenommen) vertreibt- gab es in den Märchen und Fabeln des Dschungels folgenden Hinweis:

Alle dreihundert Jahre bringt eine Löwin, nachdem

sie an einer seltenen Blume gerochen hat, deren Samen alle dreihundert Jahre keimt, ausnahmsweise Siebenlinge zur Welt, und der letzte Wurf, der das Licht der Welt erblickt – weiblich oder männlich spielt keine Rolle – wird über besondere körperliche und geistige Eigenschaften verfügen und letztendlich die Urwälder vor dem Untergang retten.

„Bobo, kannst du bitte den Rest der Geschichte erzählen – was ist dann passiert?" Bobo, ein großer, gehörnter und herzlicher Uhu, saß in einem sicheren nächtlichen Versteck auf seinem gewohnten Ast und döste.

Leos Frage riss ihn aus seinem Schläfchen.

Er öffnete nur das linke Auge, als wolle er mit dem rechten sein Nickerchen fortsetzen, und sagte:

„Ja, seine Geschwister waren schon geboren, und alle Dschungelbewohner dachten, nach sechs Welpen, die hintereinander kamen, wäre Schluß.

Aber auf einmal stieß die Löwin erneut einen Schrei aus.

Was für eine tapfere Löwin! Der siebte Welpe war ein Männchen und kam genau nach Sonnenaufgang und den ersten Sonnenstrahlen mit offenen Augen auf die Welt."

An dieser Stelle schwieg Bobo wieder. Vor lauter Staunen wurden Leos glänzende große Augen so groß wie Weihnachtsbaumkugeln, ja noch größer. Gespannt und voller Ungeduld fragte er:

„Und dann? Oh je, schon wieder eingeschlafen? Bist Du sicher, daß der siebte Welpe genau nach den ersten Sonnenstrahlen geboren wurde? Denn soweit ich mich erinnern kann, hast du mir das letzte

Mal diese Stelle der Geschichte nicht erzählt."

Bobo, überrascht, wie auch aus dem Schlaf gerissen, richtete sich auf seinem Ast auf und ließ ein langes „Buho" erklingen, das im ganzen grünen Dschungel zu hören war. Diesmal öffnete er nur das rechte Auge und, ohne es sich anmerken zu lassen, daß er eingeschlafen war und daß es Änderungen in der Geschichte gegeben hatte, fuhr er mit der Gewandtheit eines Geschichtenerzählers fort:

„Hmm, mein lieber Leo... mein junger Freund... Du redest über Schlafen.

Aber du mußt wissen, daß Uhus nachts überhaupt nicht schlafen können.

Das liegt in ihrer Natur. Davon abgesehen bin ich momentan so müde, daß ich alles für ein Schläfchen gäbe!

Ja, mein lieber Leo - er sprach ihn immer so an - es ist doch ganz klar, daß das siebte Löwenkind, dem man den Namen Leo gab, bei Sonnenaufgang geboren wurde:

Alle Geschichten und Märchen berichten darüber, und ich hörte es mit eigenen Ohren von meiner Großmutter, die es wiederum, wie sie sagte, von der Mutter ihrer Großmutter gehört hat.

Und davon abgesehen, ist die Erinnerung an Deine Geburt in meinem Kopf so hell wie ein sonniger Tag. Ich war selber dort - genauso wie jetzt saß ich auf einem sicheren heimeligen Ast und beobachtete das ganze Ereignis bis zum Sonnenaufgang und den ersten Sonnenstrahlen.

Ich schwöre sogar, daß ich in jener Nacht vor lauter Geschrei Deiner Mutter keine einzige Sekunde

Schlaf finden konnte. Du verstehst, was ich meine, sieben Geburten hintereinander…"

Fasziniert, ja besessen von Bobos Worten starrte ihn Leo vom Fuße des Baumes an. In ihrem sicheren Versteck oder, besser gesagt, an ihrem nächtlichen Treffpunkt, war er wieder ganz Ohr und lauschte wie gebannt Bobos Worten. Bobos Schilderungen waren so befriedigend, daß der junge Löwe sich nicht mehr an seine Frage erinnern konnte.

Stattdessen prägte er den neuen Abschnitt der Geschichte, der von der Gleichzeitigkeit seiner Geburt mit der aufgehenden Sonne berichtete, seinem Gedächtnis ein. Dahingegen stand Bobo wieder kurz davor, von einem Nickerchen überwältigt zu werden.

Als er aber die leuchtenden Augen Leos sah, die ihn voller Eifer anstarrten, gab er sich äußerste Mühe, die Müdigkeit zu unterdrücken. Um Leo zu erfreuen, und auch um den Schlaf aus seinen Augen zu vertreiben, begann er, seine Pupillen nach links und rechts zu bewegen. Er öffnete und schloss seine Augen mehrere Male und ließ wieder ein langes „Buho" erklingen, was Leo seit seiner Kindheit jedes Mal in Verzückung versetzte.

Dann fuhr er fort, als gehöre all dies auch zur Geschichte:

„Genau genommen heißt es in den Märchen und Fabeln des Dschungels seit undenklichen Zeiten…"

Bobo war ein dicker, gehörnter Uhu aus Südamerika. Wie und weshalb er in einem Dickicht im Herzen Afrikas gelandet war, wußte niemand.

Manche Dschungelbewohner meinten, Bobo sei ein Flüchtling oder Vertriebener, der aufgrund seiner

Beteiligung am Aufstand jener Jahre Amerika fluchtartig verlassen mußte. Warum sonst sollte er sein Land und sein bequemes Leben Richtung Afrika verlassen haben – war etwa sein Haus eingestürzt oder seine Mutter verstorben?

Manche auch schlossen aus seinem merkwürdigen Verhalten, er müsse eine lange Zeit bei den Menschen verbracht haben.

Andere, die Zeugen seines betriebsamen Nachtlebens waren, meinten, er sei ein Diamantenschmuggler und in gefährliche Machenschaften verwickelt.

Und weil er mit den streikenden Arbeitern der Diamantenminen von Johannesburg verkehre, würde er früher oder später wohl von der Polizei verhaftet werden.

Bobo war im Großen und Ganzen ein gut aussehender Uhu– so gut aussehend, daß alle, besonders die Affenkinder, nicht satt wurden, ihn anzuschauen. Tagsüber versammelten sich oft hunderte von ihnen auf den Nachbarbäumen und schauten ihm wortlos und mit großer Neugier zu. Das war die einzige Gelegenheit für ihre armen Mütter, sich eine kleine Ruhepause zu gönnen.

Bobo seinerseits richtete sich während seines Schläfchens auf seinem Ast auf und drehte Kopf und Augen nach rechts und links, um die Kinder zum Lachen zu bringen.

Und die Kinder lachten und jauchzten so laut, daß man sie kilometerweit hören konnte. Die Geier und andere an Hexerei und Gaukelkunst glaubenden Dschungelbewohner aber sagten:

„Siehst du diesen schlauen Bobo, der da sein

Nickerchen macht?

Er weiß über alles Geschehen im Dschungel Bescheid. Auch wird erzählt, daß er derjenige gehörnte Uhu sei, welcher dem Propheten Salomon die Sprache der Tiere beigebracht hat. Ich möchte sogar schwören, daß dieser Typ ganz genau weiß, wo sich der fliegende Teppich befindet. Aber niemand ist imstande, ihm den genauen Ort zu entlocken.

Davon abgesehen erfuhr ich aus sicheren Quellen, daß dieser Typ, genannt Bobo, in irgendeinem Dschungelversteck, das niemand kennt, einen Löwenwelpen großzieht.

Schau diesen pfiffigen Typen nur an, er tut so, als sei er ein ganz normaler Uhu, dem nichts außer einem kurzen Nickerchen fehlt.

Schau ihn um Gottes willen bloß an, wie er mit seinem dicken Leib und hohen Alter die Affenkinder unterhält!" Was soll ich hier noch über ihn sagen?

Im grünen Dschungel hatte niemand Bobo je beim Jagen gesehen.

Alle behaupteten deshalb, er ernähre sich von einem geheimen pflanzlichen Konglomerat aus Kokossirup und anderen unbekannten Pflanzen.

Auch hatte er niemandem je etwas Böses zugefügt, nicht einmal einem Mäusekind – ganz im Gegenteil: er hatte sogar die durch Fallen eingeklemmten und verletzten Gliedmaßen von ein paar Hirschen, Bären, Büffeln und Hasen mit seiner geheimen Salbe geheilt.

Aber der Dschungel ist, wie alle wohl wissen, ein gefährlicher Ort zum Leben, und seine misstrauischen Bewohner sind leider wie die Bewohner manch anderer Orte nicht besonders fremdenfreundlich.

Und weil sie über die Fremden nicht gut Bescheid wissen, schenken sie jeder Behauptung, die über sie verbreitet wird, Glauben und wiederholen dann diese Behauptung selbst.

4

Leo wuchs im grünen Dschungel – an einem Ort irgendwo im Herzen Afrikas, wo sich Märchen und Fabeln wie Zweige, Blätter und Blumen täglich erneuern und andere Farben annehmen, allmählich heran und wurde immer größer.

Die Zeit, die er als Kind bei seinen Eltern verbracht hatte, war sehr kurz gewesen.

Die Tage und Nächte, die er an ihrer Seite verleben durfte, konnte man an einer Hand abzählen, doch wurden sie ihm zum Quell nächtlicher Albträume, die ihn immer wieder heimsuchten.

Vor allem eine Erinnerung konnte er nicht aus seinem Gedächtnis vertreiben:

Es war ein schöner heller Morgen im Frühling. In der Felsgrotte, die man die „Höhle des Löwen" nennt, suchten die Kinder mit geschlossenen Augen nach den Zitzen ihrer Mutter. Wie ihr schon wisst, kam Leo mit geöffneten Augen zur Welt und konnte sich deshalb mühelos und ganz schnell, ohne wie die Geschwister tappend suchen zu müssen, richtig satt trinken.

Danach lehnte er sich zufrieden zurück und schaute seinen Schwestern und Brüdern zu, die eifrig und gierig zu trinken versuchten und manchmal sogar an der Luft saugten.

Die Löwenmutter hatte sich ganz ihren Kleinen hingegeben, und ihr großer warmer Körper schenkte ihnen Vertrauen und Geborgenheit.

Leo sah auch den Vater, der etwa hundert Meter von der Höhle entfernt mitten im Gebüsch, wo er über ein weites Blickfeld verfügte, die Sonne betrachtete, hin und her schritt und alles unter Kontrolle zu haben schien. Die ganze Szene zeugte von Sicherheit und Frieden.

Leo, der nach sechs vorherigen Geburten auf die Welt gekommen war, war mager und ausgezehrt, und sein einziger Vorteil waren seine großen geöffneten Augen.

Sein Vater genoß bei allen Dschungelbewohnern ein sehr hohes Ansehen.

Er hatte sich trotz seiner mächtigen Statur nur mit einer einzigen Löwin gepaart.

In den vergangenen Tagen, jedes Mal, wenn er Leo aus der Ferne betrachtete und die Gefahren, die den Dschungel bedrohten, erwog, fiel ihm immer die Überlieferung ein - und er fragte sich, wie sein ausgemergelter schwacher Sohn zum Retter des Urwalds vor dem Untergang werden sollte, wo er nicht einmal in der Lage schien, sich selbst retten zu können?!

Von neuem warf er einen Blick auf die Höhle und musterte sein siebtes Kind.

Zwei, drei schöne bunte Schmetterlinge hatten Leos Aufmerksamkeit auf sich gezogen. Er lief ihnen voll Freude und glückstrahlend hinterher.

Plötzlich schlang sich ein Zweig um seine Pfoten, und er stürzte in eine kleine Grube. Sorgenvoll sah der Vater, wie sein Sohn von der Bildfläche verschwand.

Die Schmetterlinge flatterten noch immer über der Grube.

Plötzlich hörte Leo mehrere ohrenbetäubende und schauerliche Explosionen, die seine Trommelfelle beinahe zerrissen hätten. Auf mysteriöse, unklare Weise brachte er seinen Sturz und das Spielen mit den Schmetterlingen in Verbindung mit dem gerade vernommenen schrecklichen Geräusch.

Kraftlos und zitternd kauerte er in der Grube, und das ganze friedvolle Gefühl, das ihn eben noch erfüllt hatte, war auf einmal verschwunden.

Nun wurde sein Herz überschwemmt von einer stürmischen Panik, die seine Brust zu sprengen drohte. Schockiert und entsetzt kauerte er in der Grube. Der Duft der Muttermilch, die er Minuten zuvor noch getrunken hatte, und der an seinem Körper haftende Geruch seiner Geschwister vermischte sich mit dem Gestank von verbranntem Schießpulver und füllte den kleinen Raum, in dem er saß. Er hörte Schritte, die sich der Höhle näherten und sich wieder entfernten.

Er hörte die rauen Stimmen von Menschen, die begeistert schrien:

„Wau, prima! Schaut nur, wie viele Löwenwelpen! Schade nur, daß wir ihren Vater umlegen mußten. Was für ein Löwe er war! Er wollte uns mit allen Mitteln aufhalten. Den könnten wir auf dem Schwarzmarkt gut verkaufen."

„Ich habe mit seinem Fell aber etwas vor, auch wenn es durchlöchert ist."

„Schau doch mal hierher, Mensch! Wir haben jetzt eine Löwin und eins, zwei, drei, vier, fünf, sechs Welpen gefangen. Es kommt selten vor, daß Löwen Sechslinge werfen. Ein fantastischer Fang! Jetzt packt aber alles ein, wir müssen uns schleunigst aus dem Staub machen. Heute Abend werden wir richtig feiern!"

Der arme Leo hatte von dieser Erinnerung so oft geträumt, daß er nicht mehr wußte, wie viel davon Realität war und wie viel nur Fantasie.

Aber dieser Albtraum verfolgte ihn sein Leben lang und ließ ihn nicht mehr los. Er sah seine Geschwister und Eltern seit jenem Tag nie wieder, doch er selbst blieb unversehrt und wurde nicht gefangen.

Das war vielleicht purer Zufall, vielleicht aber hatte die Sage um das siebte Kind ihn auch gerettet. Ein ausgemergelter Welpe - der nach dreihundert Jahren und im Anschluß an sechs hintereinander erfolgte Geburten - mit geöffneten Augen gleichzeitig mit der aufgehenden Sonne zur Welt gekommen war.

Leos Vater hatte kurz vor seinem Tod, und bevor sein lebloser Körper auf die Gräser fiel, gesehen, wie sein siebtes Kind im Erdboden verschwand. Bevor er seine Augen für immer schloß, kam ihm die Sage um das siebte Kind in den Sinn, und er sagte zu sich: „Nun muß er nur schlau sein und regungslos in der Grube bleiben."

Leo hatte keine andere Wahl. Er blieb kraftlos und verletzt in dem etwa einen Meter tiefen Erdloch liegen. Die schönen bunten Falter, die seinen Sturz verursacht hatten, flatterten immer noch über ihm. Da nun Panik und Mißtrauen die Gefühle von Vertrauen und Geborgenheit aus seinem Herzen verdrängt hatten, kam es ihm so vor, als wären die Schmetterlinge die einzigen Lebewesen, die seine vertraute Vergangenheit fortsetzten.

Es war Bobo, der, als die Jäger verschwunden waren, dem sieben Tage alten Löwenkind zu Hilfe eilte. Mit seinen breiten, kräftigen Schwingen zog er den verschreckten Leo aus dem Erdloch und brachte ihn sofort an einen sicheren Ort, damit er nicht die Beute von Hyänen würde.

Und obwohl er ein männlicher, gut aussehender und gehörnter Uhu war, pflegte er den kleinen Leo wie eine wahre fürsorgliche Mutter.

Unter großen Mühen und mit Anstrengungen, die eigentlich die Kräfte eines Vogels überstiegen, stillte er ihn monatelang mit Tigermilch, die er mit viel List aufgetrieben hatte. Der Tigermilch mischte er Alraunen- und Kokossaft bei und fügte den Sirup von sieben Kräutern hinzu.

Wie er dieses Gemisch zubereitete, von dem man sagte, daß es besser schmecke als alles andere, verriet er niemandem. Er fütterte damit das sieben Tage alte Löwenkind und rettete es so vor dem sicheren Tod.

Es war auch Bobo, der den armen Leo, dessen kleiner Körper tagelang ununterbrochen zitterte, liebevoll umhegte. Er schnitt ihm zum Beispiel Grimassen und brachte ihn zum Lachen, damit er sich an ihn gewöhnen und den Verlust seiner Familie irgendwie überwinden konnte.

Und wiederum war es Bobo, der mit seinen Geschichten und warmherzigen Erzählungen Leos schlaflose Nächte erträglich machte, seine Welt vergrößerte und ihn wie einen real Reisenden durch Berge, Städte, Savannen und Straßen wandern ließ, Orte, die im wirklichen Leben für einen Löwen unerreichbar waren.

So erweckte er im Herzen des jungen Löwen brennende, unbegreifliche Sehnsüchte. Bobo erzählte weder Leo noch irgendjemandem sonst, was eigentlich vorgefallen war. Aber ich vermute, daß er, während er dösend auf seinem Ast saß, den Mord an Leos Vater und die Gefangennahme seiner Geschwister direkt beobachten konnte. Doch diesen Teil der Geschichte hatte der gut aussehende Uhu bei seinen Erzählungen stets vermieden und ausgelassen. Wie ein erfahrener Geschichtenerzähler wich er Leos endlosen, neugierigen Fragen immer meisterhaft aus.

So sagte er beispielsweise einmal:

„Mein lieber Leo! Als ich an jenem Tag dorthin kam, roch es überall nach Menschen und verbranntem Schwefelpulver. Aber lassen wir das… Ja, als ich ein paar schöne bunte Schmetterlinge zur Seite schob, die über der Grube flatterten, in die Du gefallen warst, Dich heraus holte und in Deine schönen Augen blickte, sagte ich zu mir: Schau mal, Bobo!

Egal, ob Du andere Aufgaben in Deinem Leben nicht vollendet hast, diese eine Aufgabe bringst Du unbedingt zu einem guten Ende, und Du wirst es nicht zulassen, daß diesem Löwenjungen etwas zustößt. Du ziehst ihn wie eine Blume heil auf.

Denn Du warst ein sehr hübscher kluger Löwenwelpe, mein lieber Leo."

Wie verhext und voller Ungeduld fragte ihn Leo: „Bobo, was weißt Du über meine Geschwister? Waren sie auch hübsch? Hast Du sie auch lieb gehabt? Denn ich kann mich nicht mehr so genau erinnern."

Bobo, dessen Nickerchen wieder abgerissen war, öffnete und schloß seine Augen mehrere Male und erwiderte: „Hu… huhu… hmm… Ich kann sagen, daß sie alle außerordentlich hübsch waren.

Aber ich habe Dich, mein lieber Leo, von Anfang an mehr geliebt als Deine Brüder und Schwestern, und hätte, wie man so schön sagt, ein Haar von Dir nicht gegen hundert von ihnen eingetauscht. Was konnte ich denn machen – von Anfang an schloß ich Dich ins Herz. Denn Du warst das siebte Kind, und wie es in den Märchen und Sagen heißt, bringt eine Löwin alle dreihundert Jahre Siebenlinge zur Welt, weil sie an einer seltenen Blume gerochen hat, deren Samen alle dreihundert Jahre keimt."

Leo war von diesem beleibten, gehörnten Uhu fasziniert und liebte ihn richtig, denn er konnte wie ein Wortzauberer geschickt den Gesprächsfaden abreißen lassen und ihn nach Gutdünken an ein anderes Thema knüpfen.

Als korpulenter Vogel mit dichten Augenbrauen, die wie Hörner von beiden Seiten seiner Stirn in die Höhe schossen, und mit großen, glänzenden Augen, die vor lauter Schlaflosigkeit und unterbrochenen Nickerchen mit einem warmen Schimmer überzogen waren, hatte Bobo vom Aussehen her trotz alledem eine gewisse Ähnlichkeit mit den Sufis und Mystikern.

Hinter seinem Rücken mochte jeder im Dschungel über ihn sagen, was er wollte – aber die Kinder hatten ihn wahnsinnig lieb. Und was Leo betraf, so war Bobo für ihn sein Ein und Alles: Familie, Freund, Spielkamerad und Lehrmeister.

Es war Bobo, der mit seinen Erzählungen über den Propheten Salomon, der die Sprache der Tiere beherrschte, im Herzen Leos den Wunsch nach dem Erlernen der Sprache der Menschen weckte. Leo konnte sich sogar Jahre später noch gut daran erinnern, wie er - nachdem er von Bobo erfuhr, daß Salomon die Sprache der Tiere sprechen konnte - eifrig gefragt hatte:

„Bobo, ist es im Gegensatz zu Salomons Geschichte auch möglich, daß ein Tier die Sprache der Menschen erlernt, sogar mit Lesen und Schreiben?“ Und Bobo hatte diesmal, ohne wie sonst einzunicken, gleich einem Schulmeister, der jahrelang auf eine solche Frage seines Schülers gewartet hat, liebevoll in Leos Augen geschaut und sehr ernst geantwortet:

„Nun, ein erfahrener Uhu wie ich lebt schon lange genug, um zu wissen, daß er auf viele Fragen keine Antwort hat.“

Daraufhin ließ er ein langes „Buho“ erklingen, das man im ganzen grünen Dschungel hören konnte, und fuhr fort: „Aber in Bezug auf Deine Frage, mein liebes Kind, weiß ich mit Sicherheit, daß ein begabter Löwe wie Du, dessen Augen so glänzen, daß man in ihnen den ganzen grünen Dschungel gespiegelt sehen kann, im Stande ist, alles zu erlernen, auch wenn die Aufgaben schwer zu bewältigen sind… hu huu, hu huuu…“

Es war deutlich zu erkennen, daß Bobo angesichts der Frage seines Kindes, oder Schülers, richtig auf den Geschmack gekommen war: „Weißt Du, lieber Leo, wie viele Male ich die Geschichte von Salomon einigen Löwenwelpen und Affenkindern, ein paar

Papageien- und Adlerküken, Mäuschen, Ferkeln und Hundewelpen bis jetzt erzählt habe? Hunderte von Malen!

Ich gestehe, ich habe es immer genossen.

Wie Du weißt, habe ich Geschichtenerzählen und Zuhören sehr gern.

Alle waren sie süße entzückende Kinder, aber keines von ihnen hat eine so kluge Frage gestellt. Keines von ihnen hat mich in all den Jahren ein einziges Mal gefragt, ob im Gegenbild zu Salomon zum Beispiel ein Tigerwelpe oder ein Affenkind oder ein Adlerküken die Sprache der Menschen, wie auch Lesen und Schreiben lernen könne.

Manche von ihnen, die immer gerne Fragen stellten, haben nur gefragt, wo Salomons fliegender Teppich sei, und wie er zu finden wäre. Das ist alles."

Er verlieh seiner Stimme noch mehr Ernst und fuhr fort:

„Sieh mal, mein liebes Kind, vergiss niemals, daß es nur einen Weg gibt, der zur Erfüllung Deiner Wünsche und zur Begegnung mit den Menschen führt, und dieser Weg besteht darin, mit ihnen in ihrer Sprache zu sprechen.

Hast Du mich verstanden? In ihrer Sprache!

Und jetzt komm und lege Dich wie ein braves Kind schlafen, damit ich mir ein kleines Nickerchen gönnen kann.

Falls Du wirklich interessiert bist, die Menschensprache zu erlernen, habe ich schon bestimmte Pläne im Kopf."

Auf seinem Ast sitzend warf er Leo, der unter dem Baum eingedämmert zu sein schien, einen Blick zu, dann öffnete er seine breiten Flügel, flog eine Runde und nahm mit seinen Uhu-Augen, die in der Nacht besser sehen können als am Tag, die Gegend unter die Lupe.

Es war eine ruhige Nacht und seinem lieben Löwenwelpen drohte keine Gefahr. Behutsam, und ohne einen Laut von sich zu geben, ließ er sich neben Leo auf dem Boden nieder, öffnete seine Schwingen wie zwei Arme, umarmte Leos großen prächtigen Kopf und drückte ihn an seine Brust.

Es schien, als schwimme Leo entspannt auf dem Schlafmeer, und immer wieder, wenn Bobo mit seinem mächtigen Schnabel seine Mähne kämmte, schnurre er vor lauter Befriedigung wie ein wahres Katzenkind.

5

Die Missionarin Schwester Aglaia Martinez war eine gesellige und wohlwollende alte Frau, die bei dem Erdbeben von Mexiko ihre gesamte Familie verloren hatte. Damals erkannte sie, wie fragil und vergänglich unser Dasein ist und wurde Nonne.

In jenen Tagen war sie eine junge Frau, der die Ehre zugeteilt wurde, Mutter Teresa auf ihren Reisen nach Afrika und Indien zu begleiten. Von diesen Reisen hatte sie ein paar Fotos mitgebracht, die neben den Werken von Shakespeare und einigen anderen Büchern auf dem Regal standen und auf die sie so gut aufpasste, als wären sie kostbare Juwelen.

Nun im Alter war sie zusammen mit zwei anderen Schwestern nach Afrika gekommen, um an einem abgelegenen Ort im Herzen dieses Kontinents die einheimischen Frauen über Geburtenkontrolle, den Kampf gegen die unheilbare Krankheit AIDS und die Vorteile der Benutzung von Kondomen aufzuklären und ihren Kindern Religionsunterricht zu geben.

Die arme Schwester Martinez, die ihr Leben Christus geweiht, jeglicher Sexualität entsagt, sich aber allen guten Taten der Menschlichkeit gewidmet hatte, hielt die Aufklärung der afrikanischen Mütter und Mädchen, die teils gesund und teils Opfer von AIDS waren, über den Gebrauch von Kondomen für eine von Gott gesandte Prüfung - eine göttliche Aufgabe, die sie tagtäglich unter dem Gelächter der vergnügten und geschwätzigen afrikanischen Frauen mit einem glatten Gehstock, der das Glied der Männer darstellte, und einem Kondom demonstrieren und wiederholen musste.

Die einheimischen Frauen, Schwester Martinez selbst und sogar die einheimischen Männer wußten sehr wohl, daß sie als Nonne im wirklichen Leben niemals die Gelegenheit haben würde, Kondome zu benutzen, deren vorteilhaften Gebrauch sie lehrte.

In ihrer freien Zeit, wenn sie mit der Aufklärung der Frauen fertig war, rief sie sofort eine Buschschule ins Leben, an einem sicheren Platz, der von mächtigen Felsen, hohen Schilfhalmen und spitzen Dornen umgeben war, unweit von Leos und Bobos Wohnort.

Daran nahmen Kinder unterschiedlichen Alters teil. Es mußte dazu nur eine große schwarze Tafel, die der Vater eines der Kinder angefertigt hatte, und die die einzige Ausrüstung der Buschschule war, aus dem Zimmer von Schwester Martinez geholt werden, und schon konnte der Unterricht beginnen.

Schwester Martinez hatte eigens für die Kinder eine neue Unterrichtsmethode erfunden. Der Grund dafür war das Fehlen von Papier, Stiften und Büchern.

Ohne sich nur einmal auf ihren Hocker zu setzen, lehrte sie die wissbegierigen Kinder, die auf dem Boden saßen und ihr zuhörten, und manchmal prüfte und korrigierte sie sie an der Tafel.

Eine bemerkenswerte Eigenschaft von Schwester Martinez, die in den Kindern Zuneigung und

Vertrauen erweckte, war ihr gutes Gedächtnis.

Als geborene Lehrerin wußte sie alle Namen ihrer Schüler auswendig und konnte sich jederzeit an sie erinnern. Es war unmöglich, daß sie den Namen eines Schülers vergaß, auch wenn er nur einmal an ihrem Unterricht teilgenommen hatte.

Wenn die Stunden zu Ende waren, gab Schwester Martinez im schwarzen, stets sauberen Nonnenkostüm den Kindern drei Tropfen von ihrem magischen B-Komplex-Sirup wie das heilige Brot der Eucharistie in ihre offenen Münder.

Dort im Herzen Afrikas liebten alle, Kinder wie Erwachsene, Junge wie Alte, den Geschmack dieses magischen Sirups. Dann sangen alle miteinander fröhliche Lieder und tanzten dazu.

Während des Tanzens zeigte Schwester Martinez mit ihrem lebhaften südamerikanischen Temperament den Kindern ungewöhnliche Körperbewegungen, die die afrikanischen Kinder, die selbst geniale Tänzer waren, zum Staunen brachten, weil sie nicht glauben konnten, daß eine Frau hohen Alters sich derart zu bewegen vermochte.

Kleine Kinder lieben es stets Neues zu lernen, und diese Tatsache sorgte dafür, daß Lehrerin und Schüler eine richtig gute Zeit miteinander hatten. Jeden Tag kehrten die Kinder mit dem Geschmack der magischen B-Komplex-Tropfen im Mund und dem neu gelernten Wissen freudestrahlend in ihre Häuser zurück, in denen Armut und Krankheit herrschten.

Sogar diejenigen Kinder, insbesondere die Mädchen, deren Eltern ihnen nicht erlaubten, am Unterricht teilzunehmen, wußten immer, daß sie an wichtigen Festtagen, wie zum Beispiel an Weihnachten, unbedingt in die Schule gehen mußten, weil bei solchen Anlässen jedem ein ganzer Löffel des schmackhaften und heilenden Sanostol-Saftes verabreicht wurde.

Schwester Martinez ihrerseits kehrte jeden Abend erschöpft in ihre stets saubere Hütte zurück, und niemand wußte, wann die alte Frau, die dauernd beschäftigt war, sie geputzt hatte.

Ihre Erschöpfung war nicht ungefährlich, denn sie war über siebzig Jahre alt. Trotzdem war sie am Ende des Tages immer heiter und frohen Gemüts, erfüllt von dem zufriedenen Gefühl, etwas richtig Positives gemacht und den Kindern neue Wörter beigebracht zu haben.

Sie nahm ein bescheidenes Abendbrot zu sich und während sie aß quälte sie sich mit dem Gedanken, daß ihre Schüler und Nachbarn an Hunger litten.

Nach dem Essen kniete sie nieder und betete andächtig für die Seelen ihrer Eltern und aller Menschen, die sie kannte. Auch flehte sie zu Gott, er möge ihr für die größte Sünde ihres Lebens vergeben, die sie manchmal notgedrungen begehen musste.

Diese Freveltat, die sie verübte, und die sie selbst als Betrug bezeichnete, war das Einfüllen von Zuckerwasser in die fast leere Tropfflasche von B-Komplex.

Sie schüttelte es durch und tropfte es dann in die offenen Münder ihrer Schüler, deren Augen vor lauter Hunger hervorquollen und die dabei fest davon überzeugt waren, gerade die magischen Tropfen zu erhalten.

Nun, obwohl auch ich, wie Schwester Martinez,

diese Tat als Betrug bezeichne, aber was tun? Die grausame Wahrheit ist, daß die Tropfen irgendwann zur Neige gehen.

Und mehr Flaschen ins Herz Afrikas mitzunehmen, weit entfernt von jeder Stadt und jedem Dorf, war der armen alten Frau eben nicht möglich – besonders nicht zu einer Zeit, in der sich die Welt kaum um Afrika kümmerte.

Alle glauben, daß die Medien – Zeitungen, Radio, Fernsehen und Internet - die Weltbewohner über sämtliche Themen informieren, weil die Welt zu einem globalen Dorf zusammengeschrumpft sei, so daß, falls das Leben eines Mäuschens in Peru in Gefahr geriete, alle davon erfahren würden.

Das ist aber, wie ihr wisst, leider nicht der Fall. Es genügt, uns in diesem Augenblick, da Leo, der bekannteste Löwe der Welt, mit seinen Taten auf das Schicksal unserer Artgenossen in Afrika aufmerksam machte, zu fragen, wann wir beispielsweise das letzte Mal, oder direkter: das erste Mal, einen Dollar für Afrika gespendet haben?

Allerdings muß auch darauf hingewiesen werden, daß, obwohl die Kinder gern am Unterricht teilnahmen, die meisten von ihnen, da sie mit Hunger und Krankheiten zu kämpfen hatten, ausschließlich wegen der magischen Tropfen zur Schule kamen, die man an ihrem Geburtsort im Herzen Afrikas, meilenweit von jeder Zivilisation entfernt, als Lebenswasser bezeichnete – und bereit war, für eine Flasche davon auf dem Schwarzmarkt ein dickes Schwein einzutauschen.

Abgesehen von all diesen Geschichten hatte sich

das Verabreichen von B-Komplex-Tropfen bei den afrikanischen Einheimischen zu einer angesehenen Tradition entwickelt, denn es war praktisch der Grund, warum der Unterricht überhaupt stattfand.

Ohne diese Prozedur wäre die Schule abgeschafft worden, und das hätten die abergläubischen Einheimischen als Vertragsbruch bezeichnet.

Denn im Unterschied zu den zivilisierten Zeitgenossen betrachten die sogenannten „rückständigen" Afrikaner die Treue zu einer Vereinbarung als eine wesentliche Tugend. Lange Rede kurzer Sinn: Ohne Tropfen kein Unterricht!

Alle Stammesmitglieder und Dorfbewohner waren der Überzeugung, daß auf die Schüler von Schwester Martinez eine rosige Zukunft wartete, weil sie in jeder Unterrichtsstunde die heilenden Tropfen bekamen. Ich kann euch aber mit Sicherheit sagen, daß Leo ihr einziger Schüler war, der aus bestimmten Gründen niemals die besagten Tropfen erhielt.

Die alte freundliche Frau, die die Bücher liebte, las nach dem Beten, bevor sie sich bekreuzigte und zu Bett ging, stets einige Seiten aus „Macbeth", einem Buch, das sie neben dem Neuen Testament immer bei sich trug.

Und vor dem Einschlafen dachte sie stets an die ehrliche, wohltätige Nonne in Victor Hugos „Die Elenden", die notgedrungen lügen mußte, um Jean Valjean vor der Verhaftung durch den Polizeipräfekten Javier zu schützen.

Dadurch beruhigte sie ihr nagendes Gewissen angesichts ihres großen Betruges, und dachte danach an den morgigen Unterricht.

Die wohltätige alte Schwester Martinez, durch das Erdbeben von Mexiko und das Schicksal dazu auserwählt, den Menschen zu helfen und sie zu retten, war eine barmherzige Frau, die das Lehren und Lernen über alles würdigte.

Obwohl sie stets mühevoll alles unternahm, um Kleider und Nahrung für die Afrikaner zu sammeln, gehörte sie zu jenen Menschen, die darüber hinaus versuchen, die beste, wichtigste und wertvollste Arbeit zu leisten, nämlich Wissen weiter zu geben.

So liebte sie in erster Linie ihren Unterricht und warb darin ununterbrochen für diese alte Lebensregel: Wir geben einem Hungernden oder Bedürftigen einen großen wohlschmeckenden Fisch.

Das ist köstliches Abendessen für die Kinder – Gott segne Euch! Aber wir können und müssen den Hungernden und Bedürftigen beibringen, wie sie selbst fischen können. Denn dann haben wir das Problem für alle Zeiten gelöst. Gott schütze euch und eure Familien!

Vergesst nie: sowohl Fisch als auch Fischen. Nahrung und Bildung für Afrika!

Leo kam in die Schule auf Empfehlung von Bobo, der den Unterrichtsplatz zuvor entdeckt und die Zugangswege akribisch untersucht hatte.

Schwester Aglaia Martinez, jene alte zugängliche Missionarin und geborene Lehrerin, die niemals die Namen ihrer Schüler vergaß, von denen noch heute einige als Minister, Anwälte und angesehene Schriftsteller in Afrika und Indien tätig sind, starb ein paar Jahre später– genau an dem Tag, als Leo im Herzen des grünen Dschungels Frau Professorin Tina Hamilton und ihrer Forschergruppe begegnete - an Alzheimer in einem Frauensanatorium in der Schweiz. Zum Schluß konnte sie die Personen auf ihren Fotos, die sie ein Leben lang sorgfältig gehütet hatte, nicht mehr wiedererkennen.

Die letzten zwei Jahre ihres Lebens, die sie inmitten der schönen Natur der Schweiz und leider in Vergesslichkeit verbrachte, bescherten ihr wunderbare körperliche und seelische Entspannung, und bereiteten sie so auf einen ruhigen, friedlichen Tod vor.

Die gutmütigen jungen Nonnen, die sie im Sanatorium geduldig pflegten, zeigten ihr Fotos und sagten: „Schauen Sie, Schwester Martinez, das hier sind Sie, und neben Ihnen steht Mutter Teresa."

Dann mußten sie ihr erklären, wer Mutter Teresa war, und was zu ihrer Zusammenarbeit mit dieser berühmten Lichtfigur geführt hatte. Sie sprachen mit ihr über das Erdbeben von Mexiko und über eine junge Frau, deren gesamte Familie unter Unmengen von Trümmern begraben wurde, was sie veranlasste, ihr zukünftiges Leben der Menschheit zu widmen.

Schwester Martinez hatte im Anfangsstadium ihrer Krankheit in Afrika von einem riesengroßen Löwen erzählt, der dreimal so groß war wie ein normaler Löwe. Wie sie berichtete, saß er direkt hinter den Kindern und folgte wie ein wirklicher Schüler dem Unterricht mit äußerster Aufmerksamkeit.

Die alte Frau wurde wegen ihrer Wohltätigkeiten von allen respektiert, aber der Gedanke, ein Löwe sei bei den Schulstunden anwesend, beunruhigte die Eltern. Es kam sogar dazu, daß sie zwei-, dreimal mit ihren Hacken und Spaten in die Buschschule stürmten und überall nach dem Löwen suchten.

Aber sie konnten ihn nicht finden. Ich muß gestehen: die Menschen, auch wenn sie kein Löwenherz haben, scheuen wie ein Löwe keine Gefahr, wenn es um ihre Kinder geht. Doch niemand hatte etwas bemerkt. Es gab nicht einmal Fußspuren.

Auch die Kinder, deren Aufmerksamkeit dem Unterricht galt und die darum besorgt waren, daß die Lehrerin sie nicht etwa mit einer Frage überraschte, hatten keinen Löwen gesehen – denn er saß ja hinter ihnen.

Auch die Lage der Schule war in jeder Hinsicht sicher. Die hohen Felsen waren unüberwindbar und das stachelige Gebüsch undurchdringlich für jeden Vierbeiner, sogar für Vögel.

Die Einheimischen kannten sich mit wilden Tieren gut aus und nahmen deshalb das Gerücht nicht ernst. Sie wußten, daß Löwen sich ungern in geschlossenen Räumen aufhalten, denn sie brauchen freie Sicht.

Lachend spaßten sie, daß, würde es sich um eine verirrte Hyäne oder einen neugierigen Bären handeln, sie die Sache weiter verfolgt hätten – aber ein riesiger Löwe in einer sicher gelegenen Schule sei ein Ding der Unmöglichkeit!

Das Thema Riesenlöwe wurde neben den Kondom-Empfehlungen von Schwester Martinez zum Lach- und Geschwätz Thema unter den Einheimischen.

Hier und da sah man einige Männer unter einem Baum sitzen, wo sie hölzerne Götterfiguren von ihren beliebten Tieren wie Löwen, Eulen, Raben und Schlangen schnitzten, die so fein bearbeitet wurden, daß man sie kaum von echten Tieren unterscheiden konnte. Hierzu benutzten sie ein Messer, das sowohl als Küchenmesser wie auch als Sichel, Beil und Waffe diente.

Und während sie vor Lachen beinahe umkippten, unterhielten sie sich über den von Schwester Martinez gesichteten Löwen.

Niemand nahm ihren Bericht ernst. Auch die alte Frau schien sich für die Geschichte mit dem Löwen nicht mehr zu interessieren…. Und Leo setzte seine Schulbesuche fort. Nur einige Male mußte er sein Versteck widerwillig verlassen, und unter Inkaufnahme von Verletzungen und Dornenstichen die Flucht ergreifen vor einstürmenden Einheimischen, die merkwürdige Geräusche von sich gaben, um ihre Angst vor einem Löwen zu besiegen.

Aber solche Vorkommnisse konnten Leos Sehnsucht nach Unterricht und Lernen nicht mindern. Seit seiner Kindheit hatte er mit vielen Unannehmlichkeiten kämpfen müssen, und sein Löwenherz war dermaßen stark, daß derartige Umstände ihn nicht zu erschüttern vermochten. Davon abgesehen zählte Leo zu denjenigen Schülern, die ihre Lehrer lieben. Und der in Wortspielen sehr begabte Bobo verwandelte die Geschichte von Leos Flucht aus der Schule und seinen durch Dornen verursachten Wunden in eine lustige Anekdote, die er geschickt und theatralisch zur Schau stellte.

Tatsächlich hatte Leo an dem Tag, als Bobo Salomons Geschichte erzählte, sich fest entschlossen, die Menschensprache zu erlernen.

Seitdem ließ er den armen Bobo keine einzige Minute mehr in Ruhe.

Wenn es sein mußte, riss er ihn sogar aus dem Schlaf und überschüttete ihn mit Fragen wie: „Schau mal Bobo, so geht es nicht.

Wann bin ich denn soweit mit der Sprache der Menschen?

Hast Du nicht öfters gesagt, dass Du bestimmte Pläne dafür hast?

Was ist denn aus Deinen Plänen geworden?“

Bobo nahm Leo ein paar Tage geduldig und mit viel Nachsicht unter die Lupe.

Bei jeder passenden Gelegenheit gab er ihm zu verstehen, daß diese Aufgabe mit vielen Schwierigkeiten und Hindernissen verbunden sein könnte.

Als er aber schließlich von Leos festem Entschluss überzeugt war, sagte er eines Tages zu ihm: „Schau mal, mein liebes Kind, zur Schule zu gehen und die Sprache zu erlernen ist keine leichte Sache und bedarf großer Disziplin und Ausdauer.

Sogar für Menschenkinder ist es problematisch, geschweige denn für einen Riesenlöwen, der dreimal größer ist als ein normaler Löwe, ausgestattet mit beachtlicher Mähne, mächtigen Schultern und einem drei Meter langen Schwanz. Trotzdem bin ich nach wie vor der Auffassung, daß ein begabter starker Löwe wie Du durchaus in der Lage ist, diese Aufgabe zu meistern.

Nun, da Du fest dazu entschlossen bist, bereite Dich vor, denn in zwei, drei Tagen erwarten Dich Deine Lehrerin und ihre Schüler.“

Leos große klare Löwenaugen wurden vor lauter Begeisterung noch größer, glückstrahlend sprang er stundenlang auf und ab und konnte kaum etwas sagen.

Obwohl Bobo während der letzten drei Tage den Plan in seinem Kopf ausgearbeitet hatte, unternahm er jetzt einige Erkundungsflüge, um die Sache zu überprüfen und von allen Seiten genau zu beleuchten.

Zuvor hatte er schon durch den Gesang der Kinder herausgefunden, wo die Schule gelegen war. Auch mit der Unterrichtsmethode von Schwester Martinez hatte er sich vertraut gemacht.

Kurzum, nach drei Tagen, die Leo wie drei Jahre vorkamen, rief ihn Bobo endlich am Morgen des vierten Tages zu sich, um gemeinsam mit ihm in die Schule zu gehen: „Kannst Du Dich noch erinnern, Leo, wie sehr Dir ein schöner Wasserfall gefallen hat, den wir letztes Jahr bei unserem Ausflug besuchten?"

„Natürlich kann ich mich daran erinnern!" erwiderte Leo beschwingt und unbeirrt. Sogar gut konnte er sich daran erinnern, denn oft hatte er Bobo um einen neuen Besuch des Wasserfalls gebeten, und jedes Mal hatte Bobo seine Bitte in einem mysteriösen Tonfall abgeschlagen, mit der Begründung, die Gegend sei gefährlich, weil Menschen dort ab und zu verkehrten.

Jetzt fuhr Bobo fort: „Da Du nun weißt, wo wir hingehen, lass uns sofort aufbrechen, damit Du nicht zu spät zum Unterricht kommst."

Und sie machten sich auf den Weg – Leo heiter hüpfend über den Boden, Bobo fliegend durch die

Luft. Ihr Ziel war der Wasserfall.

Unterwegs war Bobo in seiner Höhe um die Sicherstellung der Route bemüht.

Er war ein guter Wegweiser, ununterbrochen gab er Leo bestimmte Zeichen, die er ihm schon früher beigebracht hatte, und wies ihm so die sicheren Wege und Stege. Einige Stunden später waren sie am Ziel, an einem der Ränder des Dschungels und vor hohen unüberwindbaren Felsen, jenseits derer die Menschen lebten, und vor einem schönen Wasserfall, der an seinem Fuße einen großen erquicklichen Teich bildete, worin sogar einige Krokodile schwammen, die allerdings im Gegensatz zu ihrem trägen Aussehen innerlich sehr aufgewühlt waren.

Hechelnd und gut gelaunt nahm Leo mit hungrigen Augen die Gegend ins Visier und wartete auf die nächste Order von Bobo, der sicherheitshalber einen letzten Rundflug machte.

Als er erkannte, daß die Luft rein war, setzte er sich auf einen Baum.

Gleich einem erfahrenen Sporttrainer schenkte er dem Hecheln seines jungen Schützlings keine Beachtung, sondern erkundigte sich stattdessen nach dem Stand der Sonne.

Dann klappte er seine Flügel zusammen und sagte zu Leo:

„Nun, alles ist in Ordnung, wir machen weiter, Du hast noch genügend Zeit."

Dann zeigte er auf den gegenüberliegenden Wasserfall, während er seine vergnügte Miene zu verbergen suchte, und sagte:

„Ab hier, mein lieber Freund, mußt Du alleine weitergehen, weil ich Dich nicht begleiten kann." Obwohl Leo ein Löwenherz besaß und in vergangenen Zeiten mehrere Male einiges allein durchgemacht hatte, wurde er plötzlich kleinmütig.

Bedrückt fragte er: „Bist Du sicher, daß Du mich nicht bis zur Schule begleiten kannst, und das ausgerechnet am ersten Schultag?" Und setzte neugierig hinzu: „Und von wo, meintest Du, soll ich allein weitergehen? Hier gibt es, soweit mein Auge reicht, nichts außer Felsen, Wasserfall und Teich, von diesen Krokodilen einmal abgesehen."

Und damit lenkte er die Aufmerksamkeit seines geliebten gehörnten Uhus, der seit Tagen und Nächten wegen der Schulfrage keine Gelegenheit zu einem richtigen Nickerchen gehabt hatte, auf die Krokodile, die auf eine unfreundliche Art und Weise im Wasser herumtobten.

Bobo, der Leos Unbehagen merkte, strengte sich gehörig an, ein explosives Gelächter zu unterdrücken.

Stattdessen versuchte er, wieder die ernste Miene eines Sporttrainers aufzusetzen, und antwortete: „Nein, leider kann ich nicht mitkommen, denn, wie Du schon weißt, können Uhus nicht schwimmen.

Daher mußt Du, mein lieber Leo, Teich und Wasserfall allein bewältigen.

Aber mach Dir um die Krokodile keine Sorgen. Ich weiß, wie ich ihre Aufmerksamkeit auf mich lenken kann, und dabei gefährde ich mich keineswegs.

Es ist sogar eine amüsante Ablenkung für mich.

Wenn Du durch den Wasserfall hindurch geschwommen bist und dabei vor der Schule Deine Morgendusche genommen hast, was für einen starken intelligenten Löwen wie Dich nicht allzu schwer sein dürfte, wirst Du genau hinter dem Wasserfall eine Höhle finden, die Du ebenfalls durchqueren mußt.

Auch das wird nicht schwierig sein. Höchstens mußt Du wegen Deiner Körpergröße einige Steine aus dem Weg räumen.

Mir fiel es das letzte Mal ganz leicht, die Höhle zu passieren, denn erstens war der Wasserfall wegen der Dürre versiegt, und zweitens bin ich körperlich nicht so korpulent wie Du. Aber Du mußt, wie schon gesagt, ein paar Steine zur Seite schieben und Dir so Deinen Weg bahnen."

Leo, das siebte Löwenkind, vom Schicksal für ein wichtiges Unternehmen auserwählt, hörte genau zu, während er Bobo ruhig anschaute.

Tatsache ist, daß sein Vertrauen in den gut aussehenden gehörnten Uhu seit jenem Tag, an dem er die Schmetterlinge verscheucht, ihn aus der Grube befreit und danach liebevoll aufgezogen hatte, bis zum heutigen Tag unverbrüchlich geblieben war. Bobo fuhr fort:

„Wenn Du die Höhle verlassen hast, bist Du praktisch am Ziel. Alles, was Du dann tun musst, ist, mit offenen Augen und Ohren aufmerksam zu sein.

Das brauchst Du, um ein ehrgeiziger Schüler zu werden, der den Lehrstoff schon im Unterricht erfasst."

Er schaute Leo liebevoll an und fügte hinzu:

„Wenn Du den Berg durch die geheime Höhle verlassen hast, ist Deinem Warten ein Ende gesetzt und Du bist nur wenige Schritte vom Unterricht und den

Menschen entfernt."

Bobo schüttelte seine Flügel wie die Märchenvögel und bauschte sich derart auf, daß sein Körper Leo doppelt so groß vorkam.

Dann gab er Leo eine dünne, gezahnte, scharfe, aus Haifischknochen hergestellte Klinge, die er in seinem Federkleid versteckt hatte:

„Ich habe Dir schon vorhin gesagt, daß Du während des Unterrichts brav und mäuschenstill sein mußt, damit niemand Deine Anwesenheit bemerkt.

Nun sage ich Dir etwas über diese Klinge, die Du nach dem Verlassen der Höhle benutzen sollst. Sie ist aus härtestem Haifischknochen und schneidet alles scheinbar Undurchdringliche so mühelos, als wäre es Butter oder Käse.

Außerdem öffnet sie jedes Schloss wie ein Dietrich.

Mit ihrer Hilfe kannst Du im stacheligen Gebüsch, das Dir den Weg zum Unterricht versperrt, einen Hohlraum, so groß wie Dein Körper, öffnen und mühelos hinter die Schulklasse gelangen, von wo aus Du alles sehen und hören kannst, ohne selbst gesehen zu werden.

Darüber hinaus habe ich eine gute Nachricht für Dich, welche Dich bestimmt erfreuen wird: Du und ich werden einander dort wieder treffen.

Wie Du wohl weißt, können wir Eulen zwar nicht schwimmen, aber fliegen können wir hervorragend, und ich werde meinem Lieblingskind am ersten Schultag unter allen Umständen das Geleit geben. Das bedeutet, daß Du mich jenseits der Felsen beim Verlassen der Höhle ganz gewiss sehen wirst – nur dürfen wir miteinander überhaupt nicht mehr sprechen."

Leos Freude war riesig. Allein der Gedanke, daß er Bobo irgendwo auf der anderen Seite wiedersehen würde, gab ihm den Mut, jegliches Risiko in Kauf zu nehmen.

Er versteckte die feine gezahnte Klinge behutsam in seiner langen Mähne und ging ins Wasser, während Bobo damit beschäftigt war, die Krokodile abzulenken.

Trotz aller Hindernisse besuchte Leo den Unterricht von Schwester Martinez regelmäßig.

Abends, wenn er von der Schule ins gemeinsame nächtliche Versteck zurückkehrte, berichtete er Bobo überschwänglich von neuen Wörtern und anderen Sachen, die er gelernt hatte, von seinen Mitschülern, die dies und jenes gesagt oder getan hatten, und von Schwester Martinez, die am Ende des Unterrichts, vor dem Singen und Tanzen, allen Schülern außer ihm drei Tropfen einer Mixtur, die er nicht kannte, in den Mund träufelte.

Der Unterricht und das Lernen bereiteten Leo große Freude, denn sie verliehen seinem Leben eine bestimmte Richtung und einen Sinn. Nichts in der Welt konnte diese Freude vermindern, auch nicht die Tatsachen, daß er sich ständig verstecken mußte, mit seinen Mitschülern nicht spielen und sprechen durfte, niemals wie die anderen an die Tafel bestellt wurde, keine Hefte und Bücher besaß, nicht am Tanzen und Singen teilnehmen konnte und auch keine Tropfen bekam.

Er gehörte jedoch nicht zu den Wesen, die sich selbst bemitleiden und bedauern. Selbstmitleid kannte er nicht, sonst hätte er seinen siebten Lebenstag, an dem sein Vater ermordet und seine Mutter und Geschwister gefangen genommen wurden, nicht überlebt.

Mitgefühl und Anteilnahme empfand er stattdessen, wenn eines der Kinder im Unterricht fehlte. In solchen Fällen vermutete er immer, daß der fehlende Schüler möglicherweise an Hunger, Krankheit oder Armut gestorben wäre.

Außer Bobo hatte er aber niemanden, dem er seine Sorgen während der nächtlichen Stunden mitteilen konnte:

„Mein lieber Bobo, ein Mitschüler ist seit einigen Tagen nicht zum Unterricht erschienen. Seit Beginn des Schuljahres ist es schon das elfte Kind, das nicht mehr in die Schule kommt. Was glaubst Du, Bobo, was mit ihnen geschehen ist?

Weißt Du, das letzte verschwundene Mädchen hat mir sehr gut gefallen. Lockige Haare, große schwarze Augen.

Nicht, daß das arme Mädchen etwa krank geworden ist oder gar an Hunger leidet. Meinst Du Bobo, es wäre möglich, daß wir meinen Kameraden zur Stärkung von der nahrhaften Mixtur geben könnten, die Du mir immer verabreichst?

Warum antwortest Du mir nicht, bist Du schon wieder eingenickt?

Was ist bloß mit ihnen geschehen? Warum kommen sie nicht mehr?"

Wütend und aus dem Schlaf gerissen erwiderte Bobo:

„Woher soll ich wissen, was mit ihnen geschehen ist

und wo zum Teufel sie hingegangen sind? Vielleicht sind sie nirgends hingegangen. Du siehst immer alles negativ und beunruhigst Dich und mich ständig.

Vielleicht sind sie umgezogen oder, was weiß ich, vielleicht arbeitet ihre Mutter inzwischen woanders, und Deine Mitschülerin mit den lockigen Haaren und den schönen Augen muß auf ihre kleinen Geschwister aufpassen, oder, wer weiß, vielleicht kommt sie schon morgen wieder in die Schule!"

Leo, der in dieser Nacht mit aller Beharrlichkeit offensichtlich nicht aufgeben wollte, unterbrach ihn flehentlich und mit zugeschnürter Kehle:

„Mein lieber Bobo, warum können wir den armen Kindern nicht ein klein wenig von Deiner wohlschmeckenden Zaubermischung geben?

Aber nicht, daß Du denkst, ich beanspruchte die drei Tropfen für mich selbst, die Schwester Martinez täglich meinen Mitschülern gibt."

Dies sagte Leo und setzte die unschuldige Miene eines uneigennützigen Löwenjungen auf.

Bobo, der das Gespräch für aussichtslos hielt, entgegnete ernsthaft:

„Nein, mein lieber Leo (er sprach ihn immer mit „mein lieber Leo" an, gleichgültig, ob er vergnügt oder verärgert war), wir können Deinen Mitschülern, um die ich mir auch Sorgen mache, nicht von den Tropfen geben, die Du seit Deiner Kindheit bekommst, weil die Menschen gefährlich sind, und weil ich mit ihnen nichts zu tun haben will.

Ich habe mir auch nie geschworen, ihnen unbedingt helfen zu wollen.

Die Menschen sind misstrauischer und hinterhältiger als jedes Tier!

Würde es Dir etwa gefallen, wenn sie mich mit Stroh ausstopfen, meine Augen ausstechen und an ihrer Stelle zwei Murmeln einpflanzen würden?

Würde es Dir etwa gefallen, wenn sie dann die Leiche Deines lieben gehörnten und gut aussehenden Uhus nur aus Eitelkeit und Prahlerei ins Regal stellen würden?

Ist es das, was Du willst? Abgesehen davon, wie würdest Du es richten?

Hast Du je daran gedacht, wie ein Vogel wie ich ihnen wohl helfen könnte? Soll ich einfach eines Morgens zu den Menschen gehen und sagen: „Hallo, guten Morgen, es scheint ein schöner Tag zu werden, nicht wahr?

Ich habe euch Frühstück mitgebracht, sehr nahrhaftes und wohlschmeckendes, bitte bedient euch!"

Leo besuchte unter allen Umständen den Unterricht von Schwester Martinez - bis zu dem Tag, an dem die alte Lehrerin nicht mehr in die Schule kam.

Nun war er ein Löwe geworden, der die Sprache der Menschen erlernt hatte. In der letzten Schulstunde aber geschah etwas Merkwürdiges, das ich euch aus bestimmten Gründen nicht vorenthalten möchte:

Am letzten Tag und während des Unterrichts fiel es Leo auf, daß Schwester Martinez zum ersten Mal Bücher unter die Schüler verteilte, mit Widmung und Unterschrift.

Auch die Namen der bedachten Schüler hatte sie nicht weggelassen.

Ebenso war er Zeuge, wie die beglückten und

neugierigen Gesichter seiner Mitschüler zwischen den magischen Seiten der geöffneten Bücher verschwanden und wieder zum Vorschein kamen.

Leo stieß einen Seufzer aus und wäre beinahe unbändig geworden.

Zwar war er imstande, auf die Gespräche und auf das Spiel mit den Mitschülern, auf den Genuss, Wörter an die Tafel zu schreiben oder geprüft zu werden, auf das Singen und Tanzen, und sogar auf die B-Komplex-Tropfen zu verzichten.

Auch konnte er täglich, zwischen rauen Krokodilen schwimmend, sich geduldig seinen Weg zur Schule und zurück bahnen, einen tosenden Wasserfall hinter sich bringen, einen Berg von stacheligen Büschen unter Verletzungsgefahr beiseite räumen und seinen massigen Körper, der dreimal so groß war wie der eines gewöhnlichen Löwen, gleich einem flüchtigen Verbrecher irgendwo verstecken – aber auf ein Buch, das er sich immer sehnsüchtig herbeigewünscht hatte, konnte er jetzt, da er lesen und schreiben konnte, unter keinen Umständen verzichten!

In diesem Augenblick geschah etwas Seltsames, das ihn, der so heftig nach einem Buch trachtete, völlig überraschte: plötzlich bemerkte er, daß die sanftmütige alte Frau hinkend und unauffällig sich im Rücken der Schulklasse sachte den stacheligen Büschen näherte, hinter denen Leo stand, und ein Buch aus der Hand auf den Boden gleiten ließ.

Dann schob sie es mit dem Fußrücken geschickt unter den Büschen hindurch genau vor die Füße Leos und entfernte sich wieder mit einem außerordentlich menschlichen Lächeln. Leo blieb einige Momente lang vor lauter Schock blockiert. Noch nie hatte er das entzückende Gesicht von Schwester Martinez aus dieser Nähe gesehen.

Sobald er wieder zu sich kam, verließ er den Unterricht, der noch nicht zu Ende war, und flüchtete mit aller Kraft aus der Schule, mit seinem Buch unter der Achsel. Vor der Höhlenöffnung hielt er an, rückte die abgeschnittenen Dornbüsche an ihren ursprünglichen Platz zurück, und konnte noch immer nicht glauben, was vorgefallen war. Von Neugier übermannt, warf einen Blick auf den Buchtitel und las zum ersten Mal in seinem Leben mit lauter, stockender Stimme: „Macbeth, William Shakespeares unvergängliches Meisterwerk". Er öffnete das Buch und fand auf der ersten Seite folgende mit der Hand hübsch und leserlich geschriebenen Zeilen:

„Dieses wertvolle Buch, das viele Grundwahrheiten über die Natur und Charaktermerkmale des Menschen enthält, schenke ich meinem lieben Schüler Leo, der nicht ein einziges Mal im Unterricht gefehlt hat.

Mit besten Wünschen, Deine Lehrerin, Schwester Aglaia Martinez"

Leos Herz und Hirn wären vor lauter Freude und Spannung beinahe geplatzt.

Nun hatte er ein Buch zur Hand, worin er lesen und seine Sprachkenntnisse erweitern konnte. Ein Buch, das ihm seine Lehrerin persönlich geschenkt und gewidmet hatte. Davon abgesehen war es offensichtlich, daß die alte Frau von Anfang an alles wußte und seine Anwesenheit hinter den Dornbüschen bemerkt hatte.

„Fantastisch“ dachte er laut.

Leo nahm das Buch mit zum nächtlichen Versteck und erzählte Bobo, was vorgefallen war. Bis spät in die Nacht las er Bobo aus seinem Buch vor.

Sie unterhielten sich über das Buch und auch über das seltsame Ereignis in der Schule, wofür nicht einmal Bobo eine Erklärung hatte. Voller Ungeduld und in Vorfreude auf den nächsten Tag, wo er seiner Lehrerin wiederbegegnen würde, legte sich Leo schlafen. Wie ich euch schon sagte, war dieser Tag der letzte Schultag gewesen, und Leo sah seine geliebte Lehrerin nie wieder.

In den folgenden Tagen besuchte er noch einige Male die Schule und erfuhr aus den kummervollen Berichten der Kinder, daß der Unterricht wegen einer psychischen Behinderung von Schwester Martinez nicht mehr stattfinden würde. Auch bekam er zu Ohren, daß man die alte wohltätige Frau zur Behandlung an einen fernen Ort gebracht hatte, den er nicht kannte.

Allein der Gedanke daran, daß er seine verehrte Lehrerin, die ihn die Menschensprache gelehrt hatte, nie mehr sehen würde – ausgerechnet zu diesem Zeitpunkt, wo er im Besitz eines Geschenks von ihr war, worüber er sich mit ihr hätte unterhalten können – reichte aus, um sein Herz mit Trauer zu erfüllen.

Aber es war nicht das erste Mal, daß er eine geliebte Person verlor.

Vielleicht waren es die Erziehungsmethoden von Bobo, vielleicht auch das fabelhafte Schicksal des siebten Löwenkindes, oder es war der Weg, den er zur Erfüllung seiner Wünsche eingeschlagen hatte, was aus ihm einen tapferen Löwen machte, der zwar tiefe Trauer empfand, jedoch niemals verzagte.

Nun war er der Gesellschaft einer wohltätigen alten Frau beraubt, die ihm und mindestens zwei- bis dreitausend Kindern Lesen und Schreiben beigebracht hatte, einer Frau, die das Schicksal zu seinem Geburtsort im Herzen Afrikas geführt hatte.

Sie hatte ihm zur Weiterbildung eines der besten Bücher der Welt als Andenken geschenkt, das er vor und nach dem Lesen immer wie einen alten Freund an seine Brust drückte.

Dieses Buch, das er bekommen hatte, bevor er Tina Hamilton kennenlernte, trug er als erstes und einziges seines Lebens bis zum letzten Tag immer bei sich und zitierte gelegentlich Passagen daraus aus dem Gedächtnis.

Die ständige Beschäftigung mit der Lektüre von „Macbeth" im Urwald, das Erlernen der Menschensprache und ihre auf der speziellen Sprache Shakespeares basierende Verwendung, verliehen Leos Redeweise einen eigentümlichen Stil und schenkten ihm seit dem Tage, als er irgendwo im Herzen des Dschungels Frau Professorin Tina Hamilton und ihrer Forschungsgruppe begegnete, Glück und Anerkennung.

Die Magie der fließenden, humorvollen Redeweise dieses außergewöhnlichen, die Menschensprache beherrschenden Löwen führten dazu, daß später viele Sagen und Legenden darüber entstanden.

Obwohl ich zugeben muß, daß man aufgrund der medialen Berichterstattung mehr seine Zirkusauftritte mochte, insbesondere sein „Steak-Essen mit Messer und Gabel", aber auch das „Kopf in den Löwenrachen stecken", weil solcherlei Darbietungen sehenswert und imposant waren, wenn auch manchmal, wie das letztere, gefährlich und abenteuerlich. Aber nicht jeder war so beherzt und wagemutig wie Königin Elizabeth III oder wie die Missionarin Schwester Aglaia Martinez.

6

Fakt ist, daß ein junger Löwe von der Körpergröße Leos - der, wie ihr schon wisst, dreimal so groß wie ein gewöhnlicher Löwe und mit einer beachtlichen Mähne ausgestattet war - jeden Beobachter in Erstaunen und Bewunderung versetzte.

Aber schon am ersten Tag seiner Bekanntschaft mit den Menschen erkannten Tina Hamilton und die anderen sofort, daß die freie Haltung eines solchen Löwen neben den Menschen praktisch unmöglich wäre, weil kaum jemand sich in Leos Gegenwart beherrschen konnte.

Das war ja auch der Grund, warum man zu seinem Abtransport von der alten Methode, Käfig genannt, Gebrauch machen wollte und anfing, einen ganz speziellen zu entwerfen und herzustellen.

In Wahrheit führte die Flut der Ereignisse, die sich seit dem Tag der Begegnung zwischen Leo und der schönen Wissenschaftlerin im Herzen Afrikas überschlugen, dazu, daß Tina Hamilton die Kontrolle über die Lage verlor. Allerdings war dieser Zustand für eine erfahrene Frau wie sie vorhersehbar. Sie verfasste mit Einverständnis Leos einen Bericht über ihre Entdeckung, und schickte ihn zusammen mit ein paar Bildern an ihre Universität. Binnen einer Woche tauchten unterschiedliche und wichtige Positionen innehabende Menschen auf, um Leo abzutransportieren - aber auch unzählige Journalisten und Fotografen.

Denn die Begegnung zwischen den Menschen und einem riesigen Löwen, der dreimal so groß war wie ein gewöhnlicher und darüber hinaus mit süßer Zunge die Menschensprache sprach, war ein großes Ereignis, vergleichbar mit der Landung auf dem Mond und der Raumfahrt.

Es könnte sogar - aus Sicht der Berichterstatter und Wissenschaftler - als das größte Ereignis des 21. Jahrhunderts bezeichnet werden und die Grundvorstellungen der Menschen von der Erde und ihrer Geschichte erschüttern.

Nun wußte die ganze Welt, daß es diesen außergewöhnlichen Löwen gab.

Leo ging es in dieser turbulenten Woche sehr gut.

Der ständige Umgang mit der blonden, gut aussehenden Wissenschaftlerin, deren Stimme warm und melodisch klang, brachte ihn auf neue Gedanken und erfüllte ihn mit angenehmen Empfindungen.

Obwohl alle Mitglieder der Forschungsgruppe den sprechenden Löwen mochten, war Tina Hamilton die einzige, die es wagte, mit Leo allein zu sein und auf bewaffneten Schutz verzichtete.

Sobald Tina am gleichen Tag in Leos Begleitung in ihr Lager zurückgekehrt war, nahm sie rasch eine Dusche, ordnete ihr schönes Haar, zog sich ein sehr hübsches, mit bunten Blumen gemustertes Kleid an, wie es eigentlich die einheimischen Frauen trugen, und schminkte sich. Es schien, als hätte sie ein

Stelldichein mit einem geliebten Mann.

Dies sorgte für große Verwunderung bei den Mitgliedern ihrer Forschungsgruppe, die sie als eine höchst wählerische Frau kannten, die bis dahin noch keinem Mann das Jawort gegeben hatte.

Das bunte Kleid und die freundliche, heitere Laune der Frau Professorin erinnerten Leo an jene bunten Schmetterlinge, die ihn, als er sieben Tage alt war, in die Grube geworfen und ihm dadurch das Leben gerettet hatten.

Der beherzte Löwe sah heute zum ersten Male die Frau Professorin mit Brille. Und er war Zeuge, wie die schöne Frau gleich einem Schmetterling hin und her flatterte. Währenddessen klärte Tina den Löwen klar und deutlich über das bevorstehende Abenteuer auf, welches sie bald gemeinsam erwartete, und bereitete ihn auf das Betreten des Reichs der Menschen vor.

Sie bemühte sich, ihm mit klugen und präzisen Darstellungen nahe zu bringen, daß es, wie alles andere im Leben, riskant und unvorhersehbar sein werde.

Und nachdem sie fertig war, führte sie Leo zu einem Kasten, drückte auf einen Knopf und machte ihn zum ersten Mal in seinem Leben mit einem Apparat namens

„Fernseher“ bekannt.

Schon Bobo hatte ihm mal vage darüber berichtet, daß es einen magischen Kasten gäbe, der binnen kürzester Zeit Kenntnisse übermitteln könne, zu deren Erwerb sonst hunderte von Büchern und jahrelange Nachforschungen nötig wären.

Jetzt also stand er vor einem wirklichen Fernseher, überwältigt von den unglaublichen Bildern, die ihm Tina vor Augen führte – immer nach einer kurzen Pause, die sie zum Umschalten brauchte.

Musik, Tanz, Dokumentationen über Tiere, Zeichentrickfilme und so weiter, und so fort. All diese bewegten Bilder brachten den riesenhaften Löwen aus der Fassung und versetzten ihn in höchstes Erstaunen.

Gleich einem professionellen Fernseh-Zuschauer verschlang er mit Augen und Ohren Bilder und Klänge, und bemühte sich dabei, alles, was er sah und hörte, im Gedächtnis zu behalten.

Irgendwann wandte sich Tina an den noch immer in Bildern versunkenen Löwen: „Ja, mein lieber Leo, das, was Du jetzt hier siehst, heißt „Fernseher", und viele Menschen - auch die Ärmsten, die nichts zu essen haben - besitzen bestimmt einen solchen Apparat und schauen ständig fern.

Mit Hilfe dieses Apparates, den Dein Freund Bobo „magischer Kasten" nennt, können wir in die Häuser der Menschen gelangen und ihnen vermitteln, was wir zu sagen und zu zeigen haben. Ob sie uns Glauben schenken oder nicht, geht uns nichts an."

Und dann fuhr sie in einem Ton fort, als ob sie ein verspieltes Kind anspreche: „Warum bleibst Du stehen? Setz Dich hin und schau wie ein braves Kind in die Röhre!"

Leo, der seinen Blick vom magischen Kasten nicht abwenden und nicht einmal der schönen Frau Beachtung schenken konnte, antwortete ein wenig irritiert - wenn auch in seiner eleganten, aus dem

16. Jahrhundert stammenden Sprechweise:

„Um die Wahrheit zu sagen, muß ich offen gestehen, daß ich es nicht den Regeln der Höflichkeit entsprechend fand, mich in Gegenwart einer schönen Dame hinzusetzen, solange sie steht."

Mit unruhigem Blick auf den Fernseher und einem leidenschaftlichen in Richtung Frau Hamilton fuhr er dann fort: „Übrigens, was eventuelle künftige Vorkommnisse betrifft, sollten wir uns darum überhaupt keine Sorgen machen, denn Sie sind sehr sanftmütig.

Als ich sieben Tage alt war, warfen mich ein paar bunte Schmetterlinge in eine Grube und retteten mich so rein zufällig vor den Jägern, die meinen Vater töteten und meine Familie gefangen nahmen.

Und wiederum rein zufällig lernte ich einen gehörnten, wunderschönen und liebevollen Uhu kennen und....Und nach vielen anderen Begebenheiten und Geschehnissen sitze ich heute ganz zufällig neben einer schönen, gebildeten und geistreichen Dame und schaue in die Röhre.

Obwohl ich noch viele andere Wünsche habe, reichen die letzten zwei abenteuerlichen Ereignisse und dieser magische Kasten vollkommen aus, damit ein Löwe wie ich - oder, wie die Menschen sagen - ein Tier wie ich, daraus Vorteil ziehen kann."

Die kluge Tina Hamilton schaute Leo lächelnd und mit Zuneigung an.

Da sie aus dem, was er über Bobo, Schwester Martinez und andere Begebenheiten erzählte, sein wahres Wesen erkannte, erlaubte sie sich, ihn ganz zärtlich zu streicheln.

Dieser riesenhafte und schöne Löwe mit dem

menschlichen Blick und jener fließenden Sprechweise, die er, wie ihr wisst, dem von Schwester Martinez geschenkten Buch verdankte, hatte die schöne Frau, in die alle an der Harvard University, Studenten wie Professoren, vernarrt waren, vollends in seinen Bann gezogen. In diesem Augenblick schaltete Tina den Fernseher erneut um.

Es lief der Spielfilm „Casablanca". Humphrey Bogart war zu sehen, der als „Rick" in seinem überfüllten Café wieder auf seine ehemalige Geliebte trifft, von der er sich, einer Laune des Schicksals wegen, Jahre zuvor trennen mußte.

Diese Szene und das schöne Lied, das gerade gesungen wurde, erweckten sofort Leos Interesse. Inständig bat er Tina, den Fernseher nicht mehr umzuschalten, damit sie gemeinsam den Rest des Filmes anschauen konnten. Gespannt verfolgte er die Handlung.

Da er selbst sein ganzes Leben lang bitteren Erfahrungen ausgesetzt gewesen war, sorgte er sich nun um die Protagonisten des Films, denen jederzeit etwas Tragisches zustoßen konnte.

Zum Schluß war er erleichtert, weil die Geschichte mit einem Happy End à la Hollywood zu Ende ging. Er atmete richtig auf und stellte keine einzige Frage an Frau Hamilton. Dabei empfand er ein starkes Gefühl, so stark, als hätte er sich in die schöne Filmkunst verliebt.

Eine traumhafte Welt, in der jeder zur Erfüllung seiner Wünsche gelangen konnte, ohne dafür einen hohen Preis zahlen zu müssen.

Tina kannte den Film schon. Sie erzählte Leo, was

bis zu der Szene in Ricks Café alles vorgefallen war, und bis spät in die Nacht stimmten sie immer wieder zusammen ein Lied an, das in der Mitte des Films zu hören war.

Dieses Lied erfüllte Leos Herz mit einer unbestimmten, traurigen, aber angenehmen Erkenntnis über das Leben und seine Schmerzen.

Er prägte den Text dieses Liedes für alle Zeiten seinem Gedächtnis ein:

.....
„You must remember this
a kiss is still a kiss
a sigh is just a sigh...
The fundamental things apply
as time goes by

In der gleichen Nacht, neben dem magischen Kasten, der nun wie ein Altar anmutete, nahm Tina Hamilton die riesige Pfote von Leo in ihre Hand, schaute ihm in die Augen, die so groß und glänzend wie die Kugeln des Weihnachtsbaumes waren, und sagte:

„Schau mal, Leo. Vielleicht werde ich Dir niemals ein so guter Ausnahmefreund sein wie Bobo..." Als der Name Bobo fiel, wandte Leo seine Augen vom Fernseher und von Frau Hamilton ab und warf einen Blick auf das Fenster.

Tiefe Sehnsucht bemächtigte sich seiner. Der geliebte, gehörnte und füllige Uhu, der ihn so sehr liebte, daß er ihm erlaubt hatte, seinen Wünschen nachzugehen, auch wenn er ihn verlassen sollte. Nun säße er bestimmt irgendwo auf einem sicheren Ast und machte sein nächtliches Nickerchen.

Tina Hamilton schüttelte liebevoll Leos Pfote, damit er sich wieder ihr zuwandte: „Aber ich kann Dir, mein lieber Löwe, etwas versprechen.

Ich verspreche Dir, dass ich Dich wie ein treuer Freund niemals auf unserem gemeinsamen Weg allein lassen werde.

Auch werde ich Dich niemals ausnutzen, weder zu meinem eigenen Vorteil, noch zu dem eines anderen."

7

Entwurf und Bau von Leos goldenem, juwelenbesetzten Käfig nahmen volle sieben Monate in Anspruch – sieben Monate, die Leo wie sieben Jahre vorkamen. Auch blieb er während dieser Zeit nicht verschont von Albträumen, die ihn seit seiner Kindheit verfolgten:

Leo hatte sich satt getrunken und wühlte zusammen mit seinen Geschwistern auf dem Bauch seiner Mutter, die damit beschäftigt war, seine Pfoten sauber zu lecken. Ein paar Schritte entfernt war sein Vater zu sehen. Ein maßloses Wonnegefühl hatte Leo ergriffen.

Plötzlich zogen einige bunte Schmetterlinge seine Aufmerksamkeit auf sich.

Er stand auf und lief ihnen voll Freude nach. Auf einmal wurde es dunkel, grubendunkel. Dann Knallgeräusche, Schwefelgeruch, Menschengeruch.

Und jedes Mal, wenn er aus dem Schlaf aufschrak, konnte er den Milchgeruch, den er aus seinem Albtraum in den Wachzustand mitgenommen hatte, an seinem Körper wahrnehmen – den Duft jener Milch, die er nur sieben Tage trinken durfte.

Zum Bau des speziellen Käfigs und zur Vorbereitung der Fernsehübertragung wurden unzählige Maßnahmen ergriffen. Diese Übertragung sollte wie ein Blitz einschlagen und einen historischen

Einschaltquoten-Rekord aufstellen.

Allein zur Verzierung des Käfigs wurden dreißig namhafte Goldschmiede und dreißig ebenso namhafte Juweliere beauftragt.

Zur Überbrückung dieser siebenmonatigen Wartezeit brachte man Leo notgedrungen in einen geheimen Raum, der zu einem neu gebauten und gut ausgerüsteten Gefängnis gehörte. Dieses Gefängnis war noch nicht in Betrieb genommen worden, nur einige zu lebenslanger Haft verurteilte waren dort schon hinter Schloss und Riegel.

Man brachte ihn dorthin, um sein Leben zu schützen und, darüber hinaus, ihn in punkto Menschenbegegnung zu unterrichten. Im Rahmen dieser Vorbereitungsmaßnahme wurde er auch tagtäglich regelrecht ausgefragt, genauer gesagt, ins Verhör genommen.

Der Sturm unvorhersehbarer Ereignisse, von dem Tina einmal gesprochen hatte, schien eine seiner schwarzen Monsterwellen auf den beherzten Löwen anrollen zu lassen.

Es ist überflüssig zu erwähnen, daß die Einkerkerung für einen Löwen wie Leo, der im Herzen Afrikas und unter atemberaubendem Sternenhimmel gelebt hatte und, davon abgesehen, wie alle anderen Löwen seiner Natur nach Freiheit brauchte - grauenvoll und verdammt beschwerlich war.

Allerdings hatte Frau Hamilton, die sich aufgrund des plötzlichen Todes ihrer Mutter gezwungen sah, ihr Versprechen zu brechen und ihn allein zu lassen, die notwendige Vorsorge getroffen und veranlasst, daß die Gefängnisbetreiber ihn mindestens zweimal täglich zur Erfrischung spazieren führten.

Auch ein Fernseher, der hunderte von Sendern empfangen konnte, ein DVD-Player, unzählige Filme und einige Nachschlagewerke wurden ihm zu Verfügung gestellt. In diesen öden Monaten schaute er sich sage und schreibe 19mal „Casablanca“ und 15mal „Vom Winde verweht“ an.

Im Laufe dieser ermüdenden sieben Monate wurde er sich der wahren schrecklichen Bedeutung der Gefangenschaft aus Sicht der Menschen bewußt:

Er sah Inhaftierte in kleinen Einzelzellen mit mehrschichtigen Glaswänden, Kameras, die rund um die Uhr alle Bewegungen des Insassen überwachten und festhielten, und die Todeszelle, in der ein elektrischer Stuhl auf sein Opfer wartete.

Leo wurde zutiefst traurig beim Anblick all dieser Ausrüstungen. Auch ihm sollte ja, wie geplant, eine noch im Bau befindliche Zelle namens „Käfig“, ausgeschmückt mit goldenen Stäben, zuteilwerden.

Er hatte nun genug gesehen und erfahren, um sich in die Lage eines Inhaftierten hinein versetzen zu können.

Jedenfalls: Die Summe dieser Erkenntnisse und die Abwesenheit von Tina Hamilton, die wegen des Todes und der bevorstehenden Beerdigung ihrer Mutter abgereist war, bereiteten Leo in unerbittlicher Art und Weise auf die Verbringung seines restlichen Lebens in der Hölle irgendeines Käfigs vor.

Er war auch dazu bereit, allerdings unter drei Bedingungen:

Tina Hamilton sollte nicht neben ihm fehlen, der Gefängnisdirektor, Jerry Dogfield, sollte sich zum

Teufel scheren, und der Käfig sollte nicht im tristen Gefängnis der Menschen stehen.

Langer Rede kurzer Sinn: Der junge Löwe, der nun offiziell die wahre Welt der zivilisierten Menschen betreten hatte, die er bis dahin nur aus den Geschichten und Erzählungen Bobos kannte, war dabei, alles klar und deutlich aus nächster Nähe zu betrachten.

Und da er den Bobo nicht mehr hatte, mit dem er Situationen und Vorkommnisse hätte durcharbeiten und analysieren können, gelangte er nach eigenem Gutdünken zur Erkenntnis, daß die Menschen einander viel schlechter und unbarmherziger behandeln, als sie es mit den Tieren tun.

Bei einem seiner Spaziergänge in den ersten Tagen seines Gefängnisaufenthaltes, wo er an den Glaskäfigen vorbeigegangen war, in denen die zu lebenslanger Haft verurteilten mit verdrossenen und todunglücklichen Gesichtern saßen – noch verdrossener und unglücklicher als unterernährte Afrikaner, die er gesehen hatte – hatte er den Gefängnisdirektor, der ihn bei diesem Spaziergang begleitete, und in Anwesenheit von mindestens zwanzig bis an die Zähne bewaffneten Männern gefragt: „Können Sie mir bitte sagen, an welchen Tagen Besucher und Zuschauer hierher kommen, und welche Darbietungen diese Personen in Orange dann präsentieren?"

Und der Gefängnisdirektor Jerry Dogfield, der ein höflicher und freundlicher Mensch zu sein schien, hatte mit seinem üblichen Lächeln in geheimnisvollem Ton geantwortet: „Hier gibt es keine Zuschauer. Für all diese Menschen, die Sie hier sehen, geehrter

Löwe, ist dieser Ort die Endstation. Diese Unglücklichen haben ihre Rolle in der Gesellschaft schon gespielt.

Und ich muß gestehen: sie haben sie schlecht, noch mehr: beschissen gespielt."

Und auf einmal war es, als verwandele sich der höfliche, freundliche Mensch von vorhin in einen bösen Dämon. Jerry Dogfield spuckte den wässerigen Speichel, den er in seinem hässlichen Mund gesammelt hatte, mit aller Wut aus.

Allerdings landete er auf dem Stiefel eines Bewachers.

Und obwohl Leo an einem entlegenen Ort in Afrika aufgewachsen war– meilenweit entfernt von jeder Zivilisation – wo im Umkreis von 500 km der einzig verfügbare ausbildende Mensch, nämlich Schwester Aglaia Martinez, und die einzige Schule, die auch als Krankenhaus, Bibliothek, Rathaus und Kulturzentrum diente, zu finden waren – wußte er schon, daß Speichel ausspucken in Gegenwart anderer Menschen etwas Verächtliches, Abstoßendes ist. Auch war ihm klar, daß ein Gentleman so etwas nie tut, wenn er über seine Artgenossen spricht.

Manchmal hatte er plötzlich das undeutliche Gefühl, daß er beobachtet und kontrolliert würde, ohne daß Menschen in der Nähe waren. Und ein anderes Mal sprach ihn der Gefängnisdirektor, dem er seit der Geschichte mit dem Speichel nicht mehr traute, wie ein professioneller Vernehmungsbeamter an und fragte:

„Übrigens, Leo, wir haben uns an einem Abend mit

Frau Hamilton über einen gehörnten, fülligen und gut aussehenden Uhu aus Zentralamerika unterhalten, der Dich adoptiert hat und wie kein anderer über Arzneimittelherstellung, geheime Mixturen und…"

„Tut mir leid, ich kann mich nicht erinnern, mit Ihnen oder jemand anderem darüber gesprochen zu haben", unterbrach ihn Leo.

Natürlich erinnerte sich Leo sehr wohl an jenes Gespräch. Es fand einige Monate vorher statt, zu der Zeit, als er sieben Tage unweit von seinem Geburtsort mit Frau Hamilton verbrachte. Wie nun dieser Bastard herausfinden konnte, worüber sie sich unterhalten hatten, war ihm ein großes Rätsel.

Der Gefängnisdirektor Jerry Dogfield, der das ganze Jahr über erkältet war und dessen Nase ununterbrochen lief, tat so, als suche er ein Taschentuch. Er steckte langsam seine Hand in die Jackentasche, zog plötzlich ein Foto heraus und zeigte es Leo: „Trotzdem, schau, ob Du diese Person erkennst" sagte er und starrte in Leos große Augen.

„Wir suchen ihn schon seit langem. Jetzt jedoch ist es nicht mehr schwierig, ihn zu erwischen. Lange Zeit dachten wir, er wäre nach Mittelasien geflüchtet, nun aber wissen wir, daß er sich im Herzen Afrikas aufhält."

Leo warf einen neugierigen Blick auf das Bild.

Obwohl er sich vor diesem professionellen Verhör vorgenommen hatte, ruhig und gleichgültig zu bleiben, verblüffte ihn der Anblick des Fotos doch sehr.

Es zeigte seinen alten Freund Bobo auf einem fliegenden Teppich, der einen apfelgroßen Diamanten in den Krallen hielt und in die Kamera blinzelte. Leo versuchte, nicht die Fassung zu verlieren.

Mit großer Selbstbeherrschung wandte er widerwillig - denn er hatte maßlose Sehnsucht nach seinem lieben Freund – seinen Blick vom Foto ab und sagte listig:

„Nein, Herr Direktor, ich bin einem solchen Wesen noch nie begegnet.

Aber ich muß zugeben, daß es ein gehörnter und sehr gut aussehender Uhu ist.

Und der Diamant und der Teppich scheinen außerordentlich zu sein.

Kann ich Sie bitten…..“

Der Direktor, der die gewünschte Antwort nicht erhalten hatte, unterbrach ihn rüde:

„Ja, dieser gehörnte und gut aussehende Uhu, den Du nicht kennst, weil Du nicht die Ehre hattest, ihn kennenzulernen, ist unter dem Namen Bobo bekannt.

Dieses Foto ist die einzige Aufnahme, die Interpol von ihm gemacht hat. Wie Du siehst, verraten sein Gebärdenspiel und Posieren ganz deutlich, daß er bei der Aufnahme selbst Regie führte. Warum er es so wollte, weiß nur der Teufel.

Außerdem ist der glänzende Stein in seinen Krallen der größte und wertvollste Diamant der Welt, der den alten Königen Persiens gehörte, und den man „Lichtberg“ nennt. Der magische Teppich, den Du unter den Füßen dieses Schuftes siehst, ist der fliegende Teppich von Salomon, der einige Jahrhunderte zuvor einem nomadischen Wüstenbewohner aus Arabien namens Aladin gehörte.

Sehr schade, daß Du Bobo nicht kennst, sonst

könnten wir gut miteinander auskommen."

Mit diesen Worten zog er überraschend und unsanft das Foto von Bobo aus Leos Pfote. Und da Leos Tatzen wie Sekundenkleber Bobos Foto festhielten, wäre es beinahe mitten durchgerissen.

Leo, der in diesen einsamen Tagen der Einkerkerung eine maßlose Sehnsucht nach Bobo verspürte, nahm seinen ganzen Mut zusammen und fing wieder von dort an, wo Dogfield ihn unterbrochen hatte: „Kann ich Sie bitten, mir dieses Foto zu schenken?"

Die kleinen Augen des Gefängnisdirektors wurden vor lauter Aufregung immer größer, und Leo bemerkte in ihnen ein merkwürdiges Glimmen.

Um nicht verdächtigt zu werden, fuhr er zu seiner Rechtfertigung ergänzend fort:

„Bitte beachten Sie, daß es auch für Sie von Vorteil sein könnte, wenn sich dieses Foto in meinem Besitz befände.

Denn ich mit seiner Hilfe könnte ich meine Freunde und andere Tiere fragen, ob sie diesen Uhu kennen. Davon abgesehen gefallen mir auf diesem Bild eigentlich der Lichtberg und der fliegende Teppich von Salomon, nicht der Uhu, und es könnte schön eingerahmt die Wand meines Zimmers verzieren."

Der Gefängnisdirektor näherte sich mit seinen glimmenden Augen bis auf zwei, drei Schritte dem riesenhaften sprechenden Löwen und erschreckte damit seine zwanzig bis an die Zähne bewaffneten Leibwächter so sehr, daß sie einen Schritt nach vorne machten. Dann warf er - gleich einem Kleinhändler, der sich widerwillig von einer kostbaren Ware trennt – das Foto auf einen vor Leo stehenden Tisch und sagte:

„Ich kann die Bitte eines außergewöhnlichen Löwen nicht abschlagen.

Täte ich das, würde es sicherlich nicht Frau Hamilton tun, die bald wieder hier sein wird. Daher gehört das Foto dir!"

Leo wäre am liebsten vor Freude in die Luft gesprungen, als hätte er einen Schatz gefunden - eine Freude, nur vergleichbar mit jener, die ihm einst Macbeth bereitet hatte. Ja, nun war er im Besitz des einzigen Fotos von seinem lieben Freund, der auch sein Meister und Spielkamerad war.

Ja, es ist wahr, daß jeder die Erinnerung an eine große Liebe oder an Erfahrungen, die ihn bereichert haben, irgendwo in einem sicheren Winkel im Kopf oder Herzen sorgsam aufbewahrt, wo niemand sie entwenden kann, nicht einmal mit Gewalt – aber ein Andenken in Form eines Fotos, worauf eine geliebte Person zu sehen ist, mit der zusammen man eine gewisse Zeit verbracht hat, ist etwas sehr Kostbares und Ermutigendes für jemanden auf Reisen zu unbekanntem Ziel.

Der Gefängnisdirektor machte sich wieder auf den Weg und verließ Leos Zimmer, eskortiert von seinen Leibwächtern in militärischem Marschschritt.

Der Grund, warum er Leos Wunsch erfüllte, war klar: Allein die Tatsache, daß Leo nun im Besitz des Fotos war, konnte einem Geschäftsmann wie ihm willkommener Anlass sein, nach Herzenslust Katz und Maus mit ihm zu spielen und womöglich zu verhandeln.

Aber davon abgesehen war Leo kein tumber Löwe,

mit dem man nach Belieben umspringen konnte. Er war einer, der die Menschensprache so fließend wie Shakespeare sprach, mit dem Tag für Tag unzählige namhafte Journalisten, Fotografen und Naturwissenschaftler, berühmte Uniprofessoren, einige Philosophen und sogar politische Persönlichkeiten und Filmstars zusammenzutreffen trachteten – wobei wegen der vielen Anfragen und aus Sicherheitsgründen nur eine beschränkte Zahl von ihnen zugelassen werden konnte.

Das gleiche galt für Fernsehinterviews und medizinische Untersuchungen.

Und diejenigen, die ihre Zusagen über andere Kanäle erhalten hatten, kamen mit Privatmaschinen oder Hubschraubern und wurden mit verbundenen Augen zum Löwen geführt. Jeden Abend sah man in den meisten Ländern der Welt in den Fernsehnachrichten um zwanzig Uhr kurze Ausschnitte aus den Interviews mit dem Gefängnisdirektor, der von der Regierung zum offiziellen Sprecher und Vertreter des Staatspräsidenten ernannt worden war.

Obwohl das Märchen des siebten Löwenkindes noch im Entstehen war und Leo sich noch nicht als berühmtester Löwe der Welt etabliert hatte, obwohl der „Friedenspreis der Erde“ ihm noch nicht verliehen worden war und die Menschheit die nützlichen, fruchtbaren Dimensionen seines Kampfes gegen Hunger und Krankheit in Afrika, für die Rettung bedrohter Tiere und den Erhalt der Umwelt noch nicht zu schätzen wußte, und obwohl niemand die geringste Ahnung hatte, daß Königin Elisabeth III in Bälde ihren gesalbten Kopf höchstpersönlich in Leos Maul stecken würde – allein die Nachricht von der Entdeckung dieses Löwen hatte unter den Menschen für ein Riesenspektakel gesorgt.

Alle Zeitungen der Welt berichteten täglich überschwänglich über ihn, und sein Bild zierte die Titelseiten unzähliger Zeitschriften. Der Gefängnisdirektor wußte trotz fehlenden Mitleids mit seinen Artgenossen sehr wohl, daß er Leos Wert schätzen mußte, denn er war ja keineswegs ein Idiot.

Es gab damals auch skeptische Menschen, die, angesichts aller Fernsehtricks und der von manchen für eine Verschwörung gehaltenen Geschichte der Landung auf dem Mond, der größten Nachricht des 21. Jahrhunderts keinen Glauben schenkten. Allerdings muß man diesen Skeptikern manchmal Recht geben.

Man darf nicht alles glauben, was man im Fernsehen sieht oder in der Zeitung liest. Kurz gesagt: Die Meldung über einen gigantischen Löwen, dreimal so groß wie ein normaler Löwe, mit glänzenden Augen, menschlichem Blick, majestätischer Mähne und einem großen Herzen, der die Menschensprache fließend sprach, war eine außerordentlich interessante, erschütternde und sagenhafte Nachricht, der ein Großteil der Bewohner des Planeten zuerst keinen Glauben schenken mochte.

Aber Jerry Dogfield, ein routinierter promovierter Kriminologe, war einer der ersten, der den Löwen mit eigenen Augen gesehen und stundenlang mit ihm gesprochen hatte. Nächtelang hatte dieser kleinäugige Bastard, der keine anderen Sorgen zu haben schien außer seinen Artgenossen ständig eine Lektion zu erteilen, die kleinsten Bewegungen des eingesperrten Löwen mit Hilfe von Überwachungskameras am Monitor unter die Lupe genommen.

Diese technischen, supermodernen und teuren Geräte waren natürlich mit den Steuergeldern der braven Bürger bereitgestellt worden. Mit dem Geld, das man für den Kauf eines einzigen dieser Geräte aufwenden mußte, könnte man zehn Jahre lang hundert afrikanische Kinder ernähren und die Kosten für ihr Studium decken.

Dieser Bastard konnte sogar mit Hilfe von höchstentwickelten Mikrofonen, die den Flügelschlag einer Mücke aus jedem Winkel eines 250 qm großen Raumes hörbar machten, die Atemzüge Leos und sein durch die allnächtlichen Albträume hervorgerufenes Jaulen hören und registrieren.

In seinem streng geheimen Sicherheitsbericht schrieb er:

„Im Unterschied zu anderen Löwen und Katzenarten ist es sehr gefährlich, sich ihm zu nähern, während er schläft. Auch unter äußersten Sicherheitsvorkehrungen könnte das einen tödlichen Ausgang nehmen. Aber sobald er erwacht, findet er wieder zu seinem menschlichen Blick und Verhalten zurück."

Glücklicherweise konnten die hoch entwickelten Geräte des Herrn Direktors etwas nicht auffangen, nämlich den frischen Milchgeruch einer Löwin, den Leo aus jedem Albtraum wie eine wertvolle Kriegsbeute mit in den Wachzustand nahm, sowie den Geruch seiner Geschwister, die Geschichten von Bobo und von seinen armen Mitschülern, die ihre Münder geöffnet hatten, um die heilenden Wundertropfen zu bekommen. Auch nicht den Geruch all derer, die nicht mehr zur Schule kamen, und den Wohlgeruch von Schwester Martinez, die in Mexiko geboren und auf einem Friedhof in der Schweiz begraben worden war.

Einmal kam eine der bekanntesten Journalistinnen der Welt, deren Interviews mit prominenten Menschen ihr zu einem gewissen Ansehen verholfen hatten, mit ihrer Arbeitsgruppe, um Leo zu besuchen. Der Herr Direktor, der in seinem Reich, nämlich dem gut ausgerüsteten, versteckten Gefängnis, die Hauptrolle spielte, erteilte ihr, nur weil sie berühmt war, die Erlaubnis und war selbst immer in der Nähe.

Er führte sich an diesem Tag wie ein Showmaster auf und war wegen der Anwesenheit einer berühmten Journalistin total vergnügt und aufgekratzt.

Er entwickelte in der absolut lichtdichten Dunkelkammer seines Kopfes noch nicht geschossene Fotos und malte sich gedruckte Zeitungen und Zeitschriften aus, in denen seine Worte standen.

Als er dem Löwen die Journalistin und ihre Gruppe vorstellen wollte, hatte er, während wie üblich Spucktropfen aus seinem Mund herumflogen, hektisch und in prahlerischem Tonfall gesagt:

„Lieber Herr Leo, darf ich vorstellen: Frau Ballaci, eine der bekanntesten Journalistinnen der Welt. Ich persönlich bin ein großer Bewunderer ihrer Artikel und Interviews. Viele prominente Persönlichkeiten sind bis heute in den Genuss eines Interviews mit ihr gekommen, darunter Leonid Breschnew, der chilenische General und Diktator Augusto Pinochet,

Mao Zedong und der Schah von Persien, sowie Jassir Arafat, Ahmad Schah Massoud, der selige Mahatma Gandhi, der ermordete Jitzchak Rabin und viele andere berühmte Menschen, von denen etliche schon am nächsten Tag nicht mehr am Leben waren."

Als belesener Löwe hatte Leo in einem Lexikon, das ihm Frau Hamilton zur Verfügung gestellt hatte, kurze Abhandlungen über die genannten Personen und ihre Schicksale gelesen. Da er einen Riesenkörper und gigantische Tatzen hatte, konnte er der Journalistin nicht die Pfote geben. Daher schüttelte er nur den Kopf als Zeichen der Hochachtung und sagte in einem heiteren Ton zu ihr etwas, das für seinen weltweiten Ruhm sorgte:

„Frau Ballaci, ich muß gestehen, daß ein Gespräch mit einer erfahrenen und begnadeten Journalistin wie Ihnen, die eine so ausgezeichnete Leistungsbilanz vorweisen kann, für ein aus dem Urwald geflohenes Tier wie mich, von seiner Nutzbarkeit einmal abgesehen, von größter Bedeutung und Ehre ist."

Der Journalistin, wie sie selbst später in einem Artikel gestand, verschlug es die Sprache, obwohl sie sich auf diese Begegnung gut vorbereitet hatte. Im selben Artikel schrieb sie weiter:

„Dann erschien ein schönes, außerordentliches und ungemein menschliches Lächeln auf dem Maul dieses Fleischberges, dessen Atemzüge man während des Gesprächs deutlich hören konnte.

Als wäre er ein alter Busenfreund von mir, richtete er mit einer übermenschlichen Lustigkeit das Wort wieder an mich und fuhr fort: „Aber ich muß auch betonen, daß ich nicht hoffe, daß das gleiche bittere Schicksal, welches denjenigen widerfahren ist, mit denen Sie ein Gespräch geführt haben und deren Namen der Herr Gefängnisdirektor genannt hat, auch mich heimsucht. Ich möchte keineswegs, daß mein bescheidener Name auf derselben Liste stünde, worauf die Namen derjenigen verzeichnet sind, die am nächsten Tage von uns gegangen sind, denn ich habe bis jetzt nichts Nennenswertes geleistet."

Als der klug geschriebene Artikel von Frau Ballaci unter dem Titel „Shakespeare in der Haut eines Löwen, oder ein Löwe in Shakespeares Haut" zwei Tage später erschien, erfuhr die ganze Welt, daß die Geschichte mit dem sprechenden Löwen auf einem realen Fundament ruhte.

In diesen mühseligen Monaten tauchte auch Peter Papahn auf, Fachmann für die Entdeckung und Förderung von Talenten, der eigentlich gekommen war, um Leo weiter auszubilden. Man hielt ihn für ein Genie, das mittels einer einfachen Handberührung der Bäuche von schwangeren Frauen vorhersagen konnte, ob das Kind ein reicher berühmter Filmsuperstar werden würde oder nicht.

Er konnte zum Beispiel seine Hand auf den Bauch der schwangeren Frau eines einflußreichen Senators legen und sagen: „Ich muß Ihnen gratulieren. Ihr Sohn wird ein namhafter Schriftsteller."

Und nach dem Gesetz des Zufalls fängt ihr Sohn kurz nach der Geburt tatsächlich an, Bestseller zu schreiben, rein zufällig!

Sogar der Medienkonzern Wisney, bekannt für seine Zeichentrickfilme, nahm ohne Vorstellungsgespräche Kinder unter Vertrag, die das Glück hatten, schon vor ihrer Geburt ein Gutachten von Peter Papahn bekommen zu haben.

Die Anstellung trat ab dem Moment ihrer Geburt in Kraft und hatte eine Gültigkeit von sieben Jahren.

Kaum waren diese äußerst verspielten Kinder auf der Welt, fingen sie schon an zu singen und zu tanzen und in sehenswerten Videoclips mitzuwirken, die den Zuschauer in Erstaunen versetzten und dem genannten Konzern Billionen Dollar an Gewinn einbrachten.

Die strapaziösen Gespräche mit dem neuen Lehrer und Talententdecker Peter Papahn, der seines Berufes wegen gezwungen war, Schülern und Kunden gegenüber kein Blatt vor den Mund zu nehmen, waren für Leo sowohl mühsam als auch genüsslich und machten ihn im Endeffekt mit einem neuen interessanten Typus Mensch bekannt.

Öfter als jeder andere kam er ins Gefängnis, um Leo zu besuchen. Und das Erstaunliche war, daß der altgediente Gefängnisdirektor, der mit seiner Anwesenheit Leo stets störte und sogar erschreckte, eine unbestimmbare Angst vor dem berühmten Talententdecker hatte.

Jedes Mal, wenn Peter Papahn in Erscheinung trat, wußte Leo ganz genau, daß Jerry Dogfield nicht auftauchen würde. Aus Leos Sicht war diese Lage sehr vorteilhaft und willkommen, denn sie machte Peters Besuche zu einer erträglichen und sogar angenehmen Angelegenheit.

Es schien, als hätte der alte Kriminologe nicht genügend Selbstvertrauen. Vielleicht kamen ihm

Bedenken, daß seine Anwesenheit in Gegenwart des namhaften Genies, das mit prominenten und einflußreichen Persönlichkeiten verkehrte, ihn eventuell in Gefahr bringen könnte.

Als Peter Papahn Leo das erste Mal besuchen wollte, verschlechterte sich die Laune des Gefängnisdirektors abrupt. Mit getrübter Miene, die den Löwen sehr verwunderte, sagte er zu Leo:

„Lieber Löwe, die sehr wichtige Person, die Sie bald besuchen kommt, ist der wahre Inbegriff des Superreichtums. Sie gehört zu denen, die ihr Monatsgehalt in Form eines unterschriebenen Blankoschecks erhalten."

Und während er von Gehalt und Blankoscheck sprach, funkelten seine Augen so sehr, daß Leo befürchtete, sie könnten vor lauter Inbrunst augenblicklich aus ihren Höhlen fallen. Ohne spöttisch sein zu wollen, zuckte ein unbeabsichtigtes Lächeln um sein großes Maul.

Der beleidigte Jerry Dogfield, dem dieses kurze Aufflackern in Leos Gesicht nicht entgangen war, gab sich Mühe, den in seinem breiten Mund gesammelten Speichel nicht auszuspucken. Stattdessen tat er etwas Ungewöhnliches:

Er schluckte ihn herunter und fuhr in einem Ton, aus dem gattungs- und rasseorientierte Tendenzen herauszuhören waren, fort:

„Ich weiß sehr wohl, teurer Löwe, daß es für einen Vierbeiner wie Dich, der im Dschungel und dazu noch elternlos aufgewachsen ist, ein verdammtes Problem darstellt, den Wert des Geldes und die menschlichen Verhältnisse zu durchschauen. Es mag sein, daß Du Shakespeare und seine Werke verstehen, sogar ganze Passagen daraus auswendig rezitieren kannst, aber den Wert und die Macht des Geldes zu begreifen geht über Deine tierische Verstandeskraft hinaus.

Allerdings sehe ich es aus Tierliebe als meine Pflicht an, Dir meine menschlichen Ratschläge zu Deinem Vorteil mitzuteilen. Ich weiß ja nicht, was Du Dir alles vorgenommen hast – aber sollte der Herr, der Dich besuchen kommt, Deine weitere Ausbildung übernehmen, dann kann ich mit aller Sicherheit sagen, daß Dein Erfolg damit garantiert ist."

Daraufhin entfernte er sich, um den Rest der Geschichte an seinem verflixten Monitor zu verfolgen. Immerhin sorgte er dafür, daß Peter Papahn, der die Weiterbildung von Leo übernahm, ohne bürokratische Hürden, und ohne ihm unnötigerweise begegnen zu müssen, jederzeit frei kommen und gehen konnte.

Und Peter Papahn kam.

Im Gegensatz zu den Behauptungen des Direktors, der ihn als geldgierig und superreich beschrieben hatte, fand Leo ihn sehr selbstbewusst, schlicht und bescheiden – einer, der alles, was er dachte, geschickt und verständlich in Worte fassen konnte, auch wenn seine Gedanken dem Zuhörer manchmal ein wenig auf die Nerven gingen. Vom ersten Tag an begegnete Papahn dem Löwen direkt und ohne falsche Rücksichtnahme:

„Leo, ich bin ein Profi. Fehldiagnosen sind bei mir Tabu.

Hinzu kommt, daß ich bis heute keinen Löwen

ausgebildet habe. Löwen werden üblicherweise in der Welt der Menschen von Dompteuren für Zirkusauftritte erzogen. Aber anhand der Berichte, die ich über Dich gelesen habe, und wie ich Dich jetzt so vor mir sehe, sollte es keine großen Schwierigkeiten machen, einen Löwen wie Dich auszubilden."

Dann zog er einen kleinen Tonrekorder aus seiner Tasche, schaltete ihn ein, legte ihn auf den Tisch und fuhr fort:

„Zuerst muß ich wissen, was Du als ein Löwe für Wünsche und Pläne hast.

Was möchtest Du im Leben erreichen? Vergiss bitte niemals, daß nichts im Leben wichtiger und wertvoller ist als die Verwirklichung unserer Wünsche und Träume, noch wichtiger als Begabung, Fähigkeiten und Tauglichkeit.

Danach muß man unbedingt streben, wenn man die Verhältnisse ändern will und sein Ziel erreichen möchte."

Peter Papahn, als er eine Art von Verwunderung in Leos großem Gesicht bemerkte, fuhr fort: „Hast Du überhaupt welche, Leo – Pläne und Wünsche meine ich?

Denn jeder trifft irgendwann in Hinblick auf seine Wünsche und Pläne eine Entscheidung, und für Dich kann dieses irgendwann der heutige Tag sein."

Trotz seines überdimensionalen Gehirns und ausgezeichneten Gedächtnisses verlor der Löwe unerwartet die Geduld und wiederholte flott Wort für Wort den eben gehörten gehaltreichen Satz des Fachmanns für Entdeckung und Förderung von Talenten:

„Nichts im Leben ist wichtiger und wertvoller als die Verwirklichung unserer Wünsche und Träume, noch wichtiger als Begabung, Fähigkeiten und Tauglichkeit.

Danach muß man unbedingt streben, wenn man die Verhältnisse ändern will und sein Ziel erreichen möchte." Und dann fügte er fragend hinzu: „Meinen Sie damit, daß beispielsweise ein Igel, der den Wunschtraum hat, einen Walnussbaum hochklettern zu können, um zu den Nüssen zu gelangen, trotz seines Körperbaus, der die Erfüllung eines solchen Traumes unmöglich macht, es dennoch schaffen kann, die Walnüsse zu pflücken?"

Verblüfft über Leos fließenden Redeschwall und gesunden Tierverstand nickte Peter Papahn, ohne sich sein Erstaunen anmerken zu lassen, mit dem Kopf und sagte:

„Ja, dieser Traum kann das Hochklettern des Igels ermöglichen! Ich meine, in einer bestimmten Art und Weise."

Der erfahrene Spezialist las vom hübschen Gesicht des Löwen ab, daß die Antwort ihn nicht befriedigte. Ohne sich aus der Ruhe bringen zu lassen, schaltete er den Rekorder aus und fuhr stoisch fort:

„Leo, ich nenne Dir ein treffendes Beispiel für das, was ich eigentlich damit meine. Dieses Beispiel habe ich übrigens bis heute nirgendwo erwähnt – aber jetzt tue ich es. Schau mal, Leo, der Traum vom Fliegen beschäftigte die Menschen seit geraumer Zeit. Irgendwann erschien ein visionärer Schriftsteller namens Jules Verne, in dessen Abenteuer- und Reiseromanen dieser Wunschtraum wie auch der Traum vom Raumschiff- und U-Bootbau, begrifflich in Erfüllung gingen.

In seinen Geschichten tauchen wir mit seinem fiktiven Unterseeboot Nautilus unter dem Kommando von Kapitän Nemo in die geheimnisvollen Tiefen des Meeres ab.

Erst über hundert Jahre später trugen andere Menschen zur Verwirklichung dieser Wünsche und Träume bei, die einst als utopisch und illusorisch abgestempelt wurden. Wie Du schon weißt, kann der Mensch heute dank seiner technischen Erfindungen mühelos in den Himmel fliegen oder in die Tiefen der Meere abtauchen.

Ja, dieser einst als Hirngespinst und Schnapsidee bezeichnete Wunschtraum ist heute verwirklicht und ist ein fester, unentbehrlicher Bestandteil menschlichen Lebens.

Ich glaube, nun hast Du verstanden, was ich damit meinte. Wir werden ein anderes Mal wieder dieses Thema behandeln. Allerdings hat man mich nicht wegen solcher Themen hierher geschickt. Übrigens hast Du noch nicht gesagt, welchen Traum Du hast, und was Du alles machen kannst. Lass uns darüber reden."

Und er schaltete den Rekorder wieder ein.

Die ganze Zeit über war Leo mit seinen großen Löwenaugen und seinem ungemein menschlichen Blick den Schilderungen des Spezialisten gefolgt. Dabei fiel ihm auf, wie deutlich, direkt, elegant und beispielreich er sprach.

Jetzt fing er selbst eifrig an, in aller Kürze zu erzählen, wer er war und woher er kam. Ausgehend von

Jerry Dogfields Bericht, der den genialen Talententdecker als wichtige Persönlichkeit und als Garanten für Erfolge bezeichnet hatte, versuchte Leo, das Herz von Peter Papahn für sich zu gewinnen.

Er erzählte ihm die seit vielen Jahren im Dschungel kursierende Geschichte vom siebten, zu ungewöhnlichen Talenten prädestinierten Löwenkind, das nach dreihundert Jahren und sechs hintereinander erfolgten Geburten mit geöffneten Augen zur Welt gekommen war, gleichzeitig mit der aufgehenden Sonne.

Von seinen heimlichen Schulbesuchen und auch davon, daß er täglich notgedrungen zwischen zehn bis zwanzig hungrigen Krokodilen durchschwimmen mußte.

Auch von seiner Lehrerin Schwester Aglaia Martinez, die ihm bei seinen heimlichen Schulbesuchen die Menschensprache beigebracht hatte. Von jenem geschenkten Buch , das er so liebte, weil es ihm sehr geholfen hatte, die schwere und wohlklingende Sprache der Menschen richtig zu lernen.

Aufrichtig gestand er Peter Papahn dann seinen sehnlichsten Wunsch: nämlich daß seine Schulkameraden im Herzen Afrikas und auch die Kinder in anderen Regionen der Welt nicht an Hunger leiden müssten, und dass jedes Kind das Recht haben sollte, uneingeschränkt in die Schule gehen zu können.

Er sagte ihm auch, daß er den Krieg hasste und von ganzem Herzen wünschte, daß Ruhe und Frieden in der Welt herrschten, damit kein Kind, dessen Vater man getötet, und dessen Mutter und Schwestern man vergewaltigt hat, vor Angst und Entsetzen schreien müsste. Darüber hinaus erhoffte er, daß etwas Ernsthaftes gegen die Waldvernichtung und Umweltverschmutzung unternommen wird.

Aber Bobo ließ er aus. Nach den Äußerungen von Jerry Dogfield über Bobo wollte er unbedingt verhindern, daß seinem geliebten gehörnten Freund etwas zustieße, oder daß er sogar im schlimmsten Fall verhaftet würde.

Der geniale Peter Papahn, der über hohe Intelligenz und einen ausgezeichneten Scharfsinn verfügte, sprach während Leos Darstellungen, besser gesagt, während seines Monologes, kein einziges Wort. Er blinzelte nicht einmal, nur damit der Löwe sich ohne Ablenkung aussprechen und seinen Wünschen Ausdruck verleihen konnte. Auch Leo fiel es schließlich auf, daß er einige Minuten lang mit lauter Stimme Selbstgespräche geführt und den Spezialisten vollkommen vergessen hatte.

Als der Löwe zu Ende war, stieß er einen wehmütigen Seufzer aus, und Peter Papahn ergriff wieder das Wort:

„Sehr interessant! Keiner dieser Wünsche hat direkt etwas mit Dir selbst zu tun.

Das verschafft Dir Respekt. Weißt du, Leo, mit jedem einzelnen dieser Wünsche kann man vieles in Bewegung setzen. Einen wesentlichen großen Schritt zu ihrer Verwirklichung hast du bereits selbst getan, indem du als ein Löwe mit übergroßem Körper die Sprache der Menschen gelernt hast.

Klienten, für die ich arbeite, und die mich jedes Mal mit einem Blankoscheck entlohnen, haben auch wichtige Vorsätze. Damit meine ich, daß auch sie

Wünsche haben, aber ihre Wünsche unterscheiden sich von Deinen.

Sie haben ihre Wünsche, und Du hast deine Wünsche. Noch etwas möchte ich Dir sagen, bitte vergiss es nie: Dabei sein ist alles! Nur diejenigen, die am Spiel teilnehmen, können gewinnen oder verlieren."

Dann bat er Leo, ein paar Seiten aus Macbeth vorzulesen, damit er die Fähigkeiten eines Löwen, aus dem er einen Superstar machen wollte, richtig einschätzen konnte.

Das passte ganz gut in Leos Konzept, der das Herz des Spezialisten gewinnen wollte. „Prima, jetzt überlässt Du den Fisch der Katze", sagte er zu sich selbst und trug ihm ein paar schöne Passagen aus jener Tragödie auswendig vor.

Nach dieser beachtlichen künstlerischen Darbietung sprach ihn Peter Papahn mit der gewohnten Offenheit an: „Ausgezeichnet! Du rezitierst meisterhaft.

Noch meisterhafter die Art, wie Du figurierst. Ich bin sehr beeindruckt, bravo!

Aber alles, was Du vorträgst, ist nur Dichtung. Du hast richtig gehört, daß die Menschen die Dichtung lieben und meinen, sie diene jeder Sprache als ihre Seele – aber das ist in Wahrheit, mein unerfahrener Freund, eine große Lüge.

Ich habe viele Dichter gesehen, auch über sie gelesen, die man ausgepfiffen und mit Dreck beworfen hat."

Die Worte von Peter Papahn, der für seine Offenheit bekannt war, waren diesmal unklar und nebelhaft. Leo konnte die Welt nicht mehr verstehen. Er glich einem Schüler, der für eine Prüfung gut vorbereitet ist, aber am Tag der Prüfung einsehen muß, daß es sich um eine andere Prüfung handelt und all seine Mühe vergebens war. Der arme Löwe hatte Recht. Was sollte er noch tun, um sich Gehör zu verschaffen? Um ein Star zu werden, mußte er gut aussehen, und er sah auch gut aus, er mußte einen beachtlichen Körper haben, und er hatte auch einen, mußte die Menschensprache gut sprechen und gut schauspielern können, und er konnte beides.

Aber seine Sorge, ob Peter Papahn seine weitere Ausbildung übernehmen würde oder nicht, war unberechtigt. Als genialer Spezialist, der nur mit einer simplen Handberührung voraussagen konnte, was aus dem Kind einer schwangeren Frau werden würde, war er intelligent genug, um zu wissen, daß alles, was mit diesem merkwürdigen Löwen zusammenhing, das größte Ereignis des 21ten Jahrhunderts bedeutete. Er hatte sich schon beim ersten Besuch entschieden, die Ausbildung des jungen Löwen zu übernehmen.

Auch wußte er schon: wenn er nicht unverzüglich reagierte und seinen Bericht nicht rechtzeitig bei seinem Arbeitgeber einreichte, wäre es zu spät, und andere würden seinen Job übernehmen. Die herrschenden Spielregeln der Menschen, die er auch dem Löwen beibringen wollte, kannte er sehr gut. Ja, dabei sein ist alles!

Der bekannte Spezialist war in seine Gedanken versunken.

Was er im Sinn hatte, verlieh ihm das Aussehen eines Schamanen, in dessen Gedankenwüste ein

Sturm über eine wertvolle Schatztruhe hinwegfegt, um sie von den darauf liegenden schweren Erdklumpen zu befreien.

Eine Schatztruhe, deren Lichtstrahlen durch schmale Erdspalten nach außen drangen. Die Anwesenheit Leos hatte er total vergessen. Er lief in der großen Zelle des Löwen hin und her und führte mit lauter Stimme Selbstgespräche.

Die harmonischen Bewegungen seiner Hände übersetzten seine komplizierten Gedanken in eine verständliche Sprache:

„Auf gar keinen Fall dürfen andere Chancen übersehen werden.

Es ist wahr, daß, wenn ein Riesenlöwe wie Du mit ungemein menschlichem Blick Shakespeare so wunderbar und gefühlvoll rezitiert, die Zuschauer hingerissen werden. Aber es muß darüber hinaus auch etwas anderes geben, etwas Ernsthafteres und noch Spektakuläreres als das Rezitieren, etwas, was das Publikum nicht nur erschüttert, sondern auch irgendwie mit ihren eigenen Interessen und ihrem Egoismus konfrontiert.

Du mußt etwas Verständlicheres und Schmackhafteres bieten, das wie vorverdaute Nahrung sofort vom Publikum verschlungen wird. Nur muß es dabei das Gefühl haben, daß es selbst diese Kost gekaut hat."

Peter Papahn blieb plötzlich vor Leo stehen und knipste so mit den Fingern, daß ein schöner Ton erklang, der den Schamanen aus seiner Gedankenwüste wieder in die Wirklichkeit zurückholte.

Wieder war er der alte Spezialist für die Entdeckung besonderer Talente.

Und er rief ein Wort aus, das Jahrhunderte vor ihm Archimedes von Syrakus ausgerufen hatte, als er in der Badewanne das nach ihm benannte Archimedische Prinzip entdeckte: „Heureka! Heureka!“ (ich habe es gefunden!)

„Hör zu, Leo. Stell Dir mal vor, Menschen kehren am Abend erschöpft von der Arbeit in ihre Wohnungen zurück. Sie essen sich satt, schalten dann den Fernseher ein, setzen sich allein, zusammen mit einem Freund oder mit ihrer Familie davor und werden Zeugen des größten Spektakels des 21ten Jahrhunderts.

Sie sehen einen riesengroßen sprechenden Löwen, der sich eine Serviette um den Hals bindet und wie ein braver Mensch mit Gabel und Messer ein großes, saftiges Steak verzehrt!“

Peter Papahn, von seinem Einfall augenscheinlich überwältigt, starrte mit freundlichem und verständnisvollem Blick in Leos Augen und fuhr fort:

„Erschöpft von der alltäglichen Arbeit und überdrüssig der zahllosen, unerfüllten Wünsche klopfen sie sich begeistert auf die Schenkel, zeigen auf den Bildschirm und rufen mit falschem Stolz:

‚Schaut mal, was der Mensch unseres Jahrhunderts mit einem dem Urwald entflohenen Riesenlöwen gemacht hat! Er hat ihn vermenschlicht!

Sie haben einen Menschen aus ihm geschaffen!

Obwohl riesig, ja gigantisch, sitzt er da wie ein braves Menschenkind und speist mit Gabel und Messer!“ Leo konnte sich nicht mehr beherrschen.

Klagend merkte er an: „Aber Sie wissen schon, daß ich Vegetarier bin?

Nicht ein einziges Mal in meinem Leben habe ich Fleisch gefressen.

Bereits die Vorstellung widert mich an!"

Hartnäckig wie ein echter Profi, und während er seinen Rekorder wegpackte, um sich zu verabschieden, sagte Peter:

„Jedenfalls, Leo, es ist mir eine große Ehre, mit Dir gesprochen und Deine Bekanntschaft gemacht zu haben.

Ich hoffe, daß Du Dich hier, so fern von Deinem Geburtsort, nicht zu einsam fühlst. Bitte betrachte mich als Deinen Freund.

Daß Frau Hamilton Dich entdeckt hat, war ein großes Ereignis, das ich von Anfang an verfolgt habe. Vor lauter Aufregung konnte ich letzte Nacht kein Auge schließen.

Auch nachher werde ich nicht richtig schlafen können. Nur eines möchte ich Dir abschließend sagen, mein Freund: Nimm Deine Wünsche und Träume ernst!

Und bitte vergiss nicht, daß niemand Dich wider deinen Willen zur Erledigung irgendeiner Aufgabe zwingen kann.

Denk über meinen Vorschlag nach. Er wird sowohl zur Erfüllung Deiner Wünsche beitragen als auch jene Sponsoren befriedigen, die mich hierher geschickt und die Kosten für Deinen teuren goldenen Käfig übernommen haben.

Alles auf einmal kann man nicht erreichen."

Dann fuhr er in einem weniger ernsten, eher spaßhaften und tröstlichen Ton fort:

„Abgesehen von alldem muß das Verspeisen eines saftigen Steaks für einen Löwen wie Dich doch unterhaltsam sein. Nicht umsonst bist Du ein Löwe!

Und: Du musst nicht dauernd Steak essen. Nur bei Deinen Auftritten.

Du solltest es wenigstens einmal ausprobieren. Was mich betrifft, so kann mich manchmal nichts anderes retten als ein großes, saftiges Steak."

Kurzum: Unserem einfallsreichen Talententdecker gelang es schließlich, Leo von seiner Idee zu überzeugen. Der arme Löwe, der unzählige gefahrvolle Abenteuer auf sich genommen und es aus dem Herzen Afrikas bis hierher geschafft hatte, der noch immer der heimliche Gefangene der zivilisierten Welt war und sich mit dem Bau eines Käfigs einverstanden erklärt hatte, gab Peter Papahn am selben Abend sein Einverständnis. Denn er wollte nicht, dass seine Wünsche unerfüllt blieben.

Wenige Augenblicke nach Peters Abschied tauchte Jerry Dogfield mit einem triumphierenden Lächeln, welches verriet, daß er alles am Monitor verfolgt hatte, bei Leo auf.

Er teilte ihm mit, daß er dem Gefängniskoch eben befohlen habe, zweimal die Woche ein großes, saftiges Steak für Leo zuzubereiten. Und er fügte hinzu, daß er die Idee von Peter Papahn brilliant finde.

Das Fleischfressen war für den Vegetarier Leo ein schwieriges Unterfangen.

Hatte er sich doch seit seiner Kindheit, als er noch schwach auf den Beinen war, an Bobos Ernährungsplan gewöhnt: Tigermilch, gemischt mit Alraunen- und Kokossaft, angereichert mit einem Sirup aus sieben unbekannten Kräutern. Das könnte die Genialität des Spezialisten, den er sehr respektierte, in Frage stellen.

Letztendlich, nach einem langen mühsamen Gefängnisaufenthalt, lernte Leo, wie ein Zweibeiner eine Serviette um den Hals zu binden und nach den Anweisungen von Peter Papahn ein großes, saftiges Steak mit Gabel und Messer zu verzehren. Allerdings bekam er nach jeder Mahlzeit eine Magenverstimmung.

Auch im Schlaf mußte er neue Albträume in Kauf nehmen. Er erlebte sich als ein gefährliches blutrünstiges Raubtier, einem Steppenzebra hinterher jagend.

Oder schweißgebadet eine Büffelherde auseinander treibend.

Obwohl er ein richtiger Löwe war, dessen Anblick jeden Elefanten und jedes Reptil in Angst und Schrecken versetzte, hatte der Verlust seiner Eltern in der Kindheit verursacht, daß er die Jagd nie lernte und ausübte.

Dank Bobos wohlschmeckender Zaubermixtur hatte er auch nie ein Bedürfnis danach verspürt. Das neuerliche Fleischfressen aber wirkte wie ein Katalysator und förderte den bisher unentwickelten Jagdtrieb. Uralte Bilder aus den Gefilden seiner Ahnen tauchten plötzlich vor seinen Augen auf, wurden lebendig und bezogen ihn ein.

In den letzten Tagen seines Aufenthaltes in jenem geheimen Gefängnis, als der teure goldene Käfig fertiggestellt wurde, Peter Papahn die Ausbildung für beendet erklärte und den Eintritt des Löwen in die Menschenwelt bewilligte, kehrte die noch Trauer tragende Frau Professorin Hamilton zu Leo zurück.

Die junge Wissenschaftlerin, die von Anfang an jedes Interview mit der Begründung, der Löwe könne selbst alle Fragen beantworten, abgelehnt hatte, war zurückgekommen, um ihr Versprechen einzulösen.

Leo war vor Freude außer sich, konnte jedoch die tiefe Trauer in Tina's Gesicht nicht übersehen. Er hatte während ihrer Abwesenheit höllische Zeiten durchstehen müssen. Obwohl selber ungläubig, weil Tiere keinen Propheten haben, dankte er Gott für die Rückkehr einer Frau, die außerordentliche Gefühle in ihm wachgerufen hatte. Andererseits konnte er sich sehr wohl in die Lage der schönen besonnenen Wissenschaftlerin hineinversetzen, denn seit seiner Kindheit wußte er, was es bedeutet, wenn man die Eltern oder die Lieblinge verliert.

Tina Hamilton nahm Leo an der Pfote und begleitete ihn nach draußen, um etwas frische Luft zu schnappen. Es war seit langem das erste Mal, daß kein bewaffneter Leibwächter dabei war.

Sie nahmen auf dem Fußballfeld des Gefängnisses Platz und betrachteten melancholisch den herzerweichendsten Sonnenuntergang des Planeten.

Die Hand der armen Frau war eisig kalt. Ihre durch seelische Verdüsterung verursachte Kälte floss durch Leos dicke Pfotenhaut in ihn hinein und breitete sich in seinem ganzen Körper aus.

Tina weinte bitterlich angesichts des traurigen Sonnenuntergangs und ihrer Herzenswunde. Irgendwann, als es der Tränenfluss zuließ, sagte sie stockend:

„Ein…ein….großer Schriftsteller hat einmal gesagt, daß es Wunden gäbe, die niemals heilen. Sie werden zwar alt, aber zur Ruhe kommen sie nie. Und ich habe nun, mein lieber Leo, eine solche Wunde in meinem Herzen."

Dann fügte sie mit ungewöhnlich lauter Stimme, die davon zeugte, daß Selbstvorwürfe sie quälten, hinzu:

„Diese verdammten Forschungsreisen! Ich habe sie immer allein gelassen. Vielleicht hätte ich es verhindern können, wenn ich bei ihr geblieben wäre.

Sie war noch jung und vital. Verflixter Winter! Wenn sie nur durchgehalten hätte. Achtzehn Grad minus. Bei ihrer Beerdigung wurden sogar Tränen zu Eiskristallen. Den leblosen zierlichen Körper meiner Mutter, auf den sich vereiste Tautropfen gelegt hatten, gaben wir der eisigen Erde zurück."

Und erneut vergoss die schöne, melancholische Frau bittere Tränen und geriet wieder ins Stocken. Leo, der die Tiefe des menschlichen Leidens zum ersten Male zu begreifen schien, wollte sie auf irgendeine Weise trösten, aber das ging über seine Kräfte hinaus.

Nun, er konnte nichts dafür. Sie war die erste Frau in seinem Leben, und er wußte nicht, wie er sie beruhigen und aufmuntern sollte. Er konnte ihr nur seine Pfote und seine warme Umarmung zur Verfügung stellen, und die großen Tränentropfen beobachten, die ihr die Wangen herunter liefen.

Zu sich selber sagte er: „Mein Gott, welch ein Jammer, daß Bobo nicht hier ist.

Es genügte, wenn er ihr gegenüber einige Male seine Pupillen nach links und rechts bewegen und ein langes „Buho“ erklingen ließe. Das würde sie von jedem Schmerz befreien, und sie könnte ihre schönen Lippen wieder zu einem lieblichen Lächeln öffnen. Dann würde er ihr solange Geschichten erzählen, bis sie wieder freudestrahlend in Stimmung käme.“

Geschichten! Ja, Zaubergeschichten! Auf einmal begriff er vage und rein instinktiv, wo der magische Pulsschlag des Lebens liegt. Die Erinnerung an Bobo hatte ihm den Schlüssel zur Selbstbefreiung geliefert. Geschichten! Ja, Zaubergeschichten!

Eine einzige Zaubergeschichte genügt, um jeden von Enttäuschung und Ernüchterung geplagten Menschen mit ihrer erzählerischen Kraft und mysteriösen Macht wieder zu ermutigen und aufzubauen.

Leo wischte, gleich einem Menschen und wahren Freund, mit seiner Pfote ganz sachte die Tränen von Tina‘s Gesicht. Dann begann er, zum ersten Mal seine eigene Geschichte zu erzählen. Seine Stimme klang warm und tief.

Sie klang so, als wäre sie nicht seine eigene Stimme, sondern die magische Stimme der Erzählung selbst:

„Es gab einmal ein Dickicht im Herzen Afrikas mit bis zum Himmelsgewölbe reichenden fabelhaften Bäumen und üppigem Buschwerk. Es lag in so weiter Ferne, daß kaum jemand es hätte entdecken können, nicht einmal Mutter Teresa.

Bis eines Tages eine Gruppe von Menschen auftauchte, geführt von einer Frau namens Tina Hamilton.

Sie lehrte an der Harvard University in Massachusetts Zoologie, Tierpsychologie und Sprachen. Sie hatte, fern von Zuhause und ihrer lieben Mutter und Familie, viele Jahre zusammen mit einer Forschungsgruppe in den Urwäldern verbracht und tat alles, um die Umwelt und das Gehölz zu schützen und die Tiere vor dem Aussterben zu retten. Das Schicksal sorgte dafür, daß sie irgendwann einem Löwen namens Leo begegnete. Sofort begriff sie, daß es sich dabei um eine denkwürdige Begegnung der anderen Art handelte. Sie begriff, daß diese Begegnung, und nicht die mit den geduldig Kreuzworträtsel lösenden indonesischen Gorillas, die größte und wichtigste Entdeckung ihres Lebens war.

Darüber hinaus mutmaßte sie, daß dieser schöne, gigantische Löwe vielleicht jener namhafte Fabellöwe wäre, der die Sprache der Menschen sprach. Ohne Zaudern, ungläubig und ungewiss, was zu tun sei, hatte sie in Leos Augen gestarrt und gesagt: „Bitte laufen Sie nicht weg und greifen Sie uns nicht an. Voller Ehrfurcht muß ich sagen, daß Sie der stärkste, schönste und gleichzeitig größte Löwe sind, den ich in meinem ganzen Leben gesehen habe."

Hier sprach er dann über jene Szene, wo die Begleiter von Frau Hamilton die Waffen gesenkt und die junge Wissenschaftlerin ihn mit ihrer Schönheit verzaubert und in einen unbeschreiblichen andächtigen Zustand versetzt hatte.

Abschließend sagte er: „Ja, dies waren kurze Augenblicke von magischer Beschaffenheit, die einem ganzen Leben Sinn und Bedeutung verleihen."

Ich weiß nicht, ob es die Tränen waren, die mit ihrer unvergänglichen Zauberkraft die Augen und das verwundete Herz von Tina rein gewaschen hatten, oder Leos Worte, die sie unerwartet beruhigten. Sie fühlte sich auf einmal wie in jenen Nächten, in denen ihre Großmutter ihr Geschichten erzählte.

Sie lauschte aufmerksam und gebannt, aber auch mit dem angenehmen paradoxen Gefühl, daß, je mehr Leo erzählte, und je mehr sie sich in seinen Erzählungen wiederfand, sie sich desto weiter von ihrem eigenen Wesen entfernte.

Dieses Abstandnehmen befreite sie von ihrem Leid und wirkte wie Balsam auf ihr verwundetes Herz.

Der kluge Leo, der die Menschensprache mühevoll erlernt hatte, war selbst nicht mehr jener aufgeregte Löwe, der er vor einigen Minuten noch gewesen war.

Da er nun die heilsame Wirkung seiner Erzählungen auf die schöne Frau bemerkte, kam er sich wie ein Magier vor. Er klatschte laut und geschwind in die Pfoten, lief in dem engen Raum, der ihm als Theaterbühne diente, hin und her und erzählte der besonnenen Frau, die er über alles liebte, die Geschichte von dem fabelhaften siebten Löwenwelpen.

Frau Hamilton geriet, je weiter Leo mit seiner sanften Stimme sprach, in einen zunehmend schwerelosen Zustand. Er erzählte ihr auch davon, wie der Sturm unvorhersehbarer und unvermeidlicher Ereignisse in das Leben der Frau Professorin gefahren war, sich ihrer bemächtigt und ihre Mutter weggerissen hatte, so daß sie ihr Versprechen nicht mehr einhalten konnte.

Er sprach von einem schönen und genialen Mädchen, dem es mit zweiundzwanzig Jahren gelungen war, den Doktortitel zu erwerben.

Einem Mädchen, das viele verführerische Angebote ausgeschlagen und sich stattdessen dafür entschieden hatte, ihren Träumen und Wünschen nachzugehen, sich auf gefährliche Forschungsreisen zu begeben und ihren in Not geratenen Mitmenschen zu helfen.

Dafür habe sie sogar einen hohen Preis bezahlt, nämlich mit dem Verlust ihrer geliebten Mutter – einer Mutter, die auf eigene Interessen und Wünsche verzichtet und die vaterlose Tochter zu einem gesunden, intelligenten und gütigen Menschen aufgezogen hatte.

Einer Mutter, die, obwohl selbst Diabetikerin, dank ihrer ausgezeichneten Kochkunst jede Speise ohne Salz und Pfeffer, die sie für ungesund hielt, in ein wohlschmeckendes Gericht verwandeln konnte.

Einer Mutter, deren natürliche Getränke und Säfte, die sie aus Trauben und anderen Früchten herstellte, in aller Munde waren. Und ausgerechnet eine solche Mutter starb mit neunundvierzig Jahren binnen nur zweier kurzer Monate an einem kleinen Tumor, der sich in einem unzugänglichen Bereich ihres Gehirns, Hypothalamus genannt, eingenistet hatte. Auch als sie schon todkrank war, hatte sie sich geweigert, ihre Tochter darüber in Kenntnis zu setzen.

Leo konnte von Tinas Gesicht ablesen, daß sie sich beruhigt hatte. Da er vom schlauen Bobo gelernt hatte, wie man das Thema wechselt, ließ er ganz raffiniert den Gesprächsfaden abreißen und knüpfte ihn an ein anderes Thema.

Er fing an, über den mühseligen Aufenthalt eines Riesenlöwen im Gefängnis zu berichten, den die

Wissenschaftler an ein Bett gefesselt und dessen ganzen Körper sie mit unzähligen Drähten und Metallelektroden verkabelt hatten, um seine Gehirnaktivitäten gründlich unter die Lupe zu nehmen.

Danach hatten sie ihr Erstaunen in Worte gefaßt. Um Tina zum Lachen zu bringen, versuchte er, ihre Sprechweise nachzuahmen:

„Unglaublich! Unfaßbar! Außerordentlich! Obwohl Ihr Gehirn nominell ein Löwengehirn ist, wie bei allen anderen Katzenarten, besitzt es viele komplizierte Eigenschaften, die eigentlich nur beim Menschen vorkommen.

Das ist eine Sensation! Das ist etwas, das unser Auffassungsvermögen übersteigt! Wir fragen uns, was dieses Gehirn bedingt hat - obwohl wir wissen, daß es wahrscheinlich keine Antwort auf unsere Fragen gibt.

War es das Erlernen der Menschensprache?

Oder war es dieses spezielle Gehirn, welches einem Tier das Erlernen der Menschensprache, was schier undenkbar ist, ermöglicht hat?

Allerdings sind das Fragen, die sich nur auf Ihr Gehirn beziehen.

Alle wissen, daß afrikanische Löwen von enormer körperlicher Größe sind, aber warum Ihr Körper gigantische, dabei makellose Ausmaße angenommen hat, wissen wir nicht im Geringsten."

Dann erzählte er ihr, ohne seinen Redefluss zu unterbrechen, die Geschichte seiner Begegnung mit dem genialen Talententdecker. Und im Anschluß daran veranstaltete er spaßeshalber und nur zum Vergnügen der schönen Wissenschaftlerin mitten auf dem Fußballfeld eine Pantomime, bei der er durch Gestik die Szene mit dem Verzehr des saftigen Steaks nachahmte.

Tina Hamilton brach in schallendes Gelächter aus – was Leo sehr erfreute, denn er hatte es lange vermisst. Sie merkte jedoch an – auch angesichts der Tatsache, daß er sich das Zusammensein mit den Menschen anders vorgestellt hätte, und obwohl die Szene einen trivialen Charakter habe - daß sie es irgendwie amüsant finde, weil das Essen eines Steaks mit Gabel und Messer einem besonderen Löwen wie ihm einen bedeutenden, sogar poetischen Rang verleihe.

Sie unterhielten sich bis spät in die Nacht und sprachen über alles, was ihnen am Herzen lag. Von jenem goldenen, fertig gebauten Käfig war die Rede, der auf den wichtigsten Bühnen der Welt gezeigt werden sollte, und von den bevorstehenden Aufführungen, die die Aufmerksamkeit des Publikums auf die Not der Mitmenschen, sowie auf das traurige Schicksal der Tiere lenken sollte.

Sie stellten sich vor, wie Leo nach jeder Darbietung Tina den Hut vom Kopf nähme und ihn nach Manier der Straßenkünstler herumgehen lassen würde, mit der Bemerkung: Bitte spenden Sie für Afrika und alle Kinder in Not.

Sie brauchen Nahrung, Schulen und Gesundheitspflege. Gott möge Sie segnen und beschützen, damit Sie immer so gesund und fröhlich neben Ihren Lieben weiterleben können.

Wenn ein Kind zu essen hat, gesund aufwachsen und in die Schule gehen kann, wird es niemals Verbrechen begehen oder jemandem Unrecht tun.

Sie spenden nicht nur für diese Kinder, sondern auch für sich selber.

Gott möge Sie schützen.

Dann lief Leo kippelig und schwankend, als wäre der erdichtete bis zum Rand gefüllte Hut auch für einen Löwen seiner Größe ungemein schwer, zu Tina Hamilton und übergab ihr die vorgestellte Spende derer, die ein gutes Herz hatten und nicht nur an ihr eigenes Wohl dachten, sondern auch verständnisvoll an das aller unschuldig in Not geratenen Wesen.

Beide waren in ihre Träume versunken. Sie träumten von wohltätigen Menschen und anderen teilnahmsvollen Personen, die irgendwie mit der fabelhaften Geschichte des siebten Löwenwelpen in Berührung gekommen waren.

Sie alle waren emsig dabei, eine Schule nach der anderen und ein Krankenhaus nach dem anderen zu bauen. In Leos Traum verwandelten sich alle Lehrer der Welt in Schwester Aglaia Martinez in ihrem schwarzen, stets sauberen Nonnenkostüm, die ihren liebevollen menschlichen Blick beim Verschenken jenes Buches auf ihn gerichtet hatte. In seinem Traum sah er seine Mitschüler gesund und munter beim Singen und Tanzen.

Er sah, wie Schwester Martinez am Ende des Unterrichts allen Kindern drei, nein zehn Tropfen von ihrem magischen B- Komplex-Sirup in den Mund träufelte, sogar den elf Schülern, die nicht mehr in die Schule kamen, und auch denjenigen, die heimlich dem Unterricht beiwohnten.

Auch bekamen sie täglich einen Löffel des

schmackhaften und heilenden Sanostol-Saftes. In seinem Traum lief kein Kind mehr täglich mehrere Kilometer durch gefährliche Straßen, um die Schule zu erreichen.

Auch schwamm kein Schüler mehr zwischen rauen, hungrigen und herumtobenden Krokodilen hindurch, um zum Unterricht zu gelangen.

In jener magischen prächtigen Nacht, hinter den hohen Gefängnismauern, wurde die durch eine Fügung des Schicksals ins Leben gerufene Freundschaft zwischen Leo und der schönen Wissenschaftlerin noch enger verknüpft und befestigt.

Leos Worte, nachdem er zu Ende gesprochen hatte, füllten noch den Raum und verliehen der Dunkelheit eine zauberhafte Stille.

Fern von sich selber, schwebte Tina wieder in der Schwerelosigkeit, irgendwo zwischen Mond und Sternen, obwohl die Wunde in ihrem Herzen noch nicht ganz verheilt war. Von dort oben schaute sie herunter, gleich dem vollen Mond, der mit unverlöschlichen Augen auf die Erde herunterblickt. Dann wurde ihr jedoch bewußt, daß sie für ein paar Augenblicke ihre liebe Mutter vergessen hatte.

Sie schämte sich dafür, denn früher hatte sie in vielen Nächten zusammen mit ihr den Mond betrachtet und bewundert. Nun war derselbe Mond in ihrer Reichweite, und sie mußte ihn allein berühren. Sie lauschte den schmerzhaften und verworrenen Schwingungen, die ihr verwundetes Herz aussandte, Schwingungen, die sich dann in der Unendlichkeit des Raumes ausbreiteten.

Leos Stimme brachte sie wieder zu sich, ohne

den Fluss ihrer Gedanken zu stören und ohne den ermutigenden Zauber, der durch seine fabelhaften Erzählungen erzeugt worden war, außer Kraft zu setzen. Seine Stimme glich der Stimme jener alten Busenfreunde, die uns schattenhaft auf immer und ewig begleiten und mit all unseren Geheimnissen vertraut sind:

„Weißt du, worin das Geheimnis des Mondes liegt, der uns so fasziniert?

Darin, daß alles sich verändert, er aber bleibt unwandelbar und vergeht nicht.

Er ist immer derselbe Mond, den auch Deine Mutter, meine Mutter und alle anderen, die jemals auf diesem Planeten lebten, betrachtet haben. In seinem Antlitz erkennen wir alle die Gesichter unserer Liebsten wieder, die von uns gegangen sind. Gott möge uns davor bewahren – aber sollte die Hand des Schicksals und der Sturm der Ereignisse uns eines Tages voneinander trennen, können wir des Nachts zum Mond hinauf schauen und uns wieder begegnen, egal wie weit wir voneinander entfernt sind."

Sachte verhallte Leos Stimme und wurde durch eine schöne Stille, die Tina unbedingt brauchte, so urplötzlich abgelöst, als hätte es sie nicht gegeben. Als Leo schwieg, beendete auch Tina ihre erträumte Reise durch die unermesslichen Weiten des Nachthimmels.

Tina Hamilton – diese wahre Löwin und hochintelligente Ausnahmefrau, die mit zweiundzwanzig ihren Doktortitel erworben und drei Jahre später während einer Forschungsreise auf einer fernen indonesischen Insel Gorillas entdeckt hatte, die Kreuzworträtsel lösten, und mit achtundzwanzig einen sprechenden Löwen in einem abgelegenen afrikanischen Dschungel.

Mit dieser letzten Entdeckung hatte sie das größte Ereignis des 21ten Jahrhunderts ausgelöst und damit das Revier des sagenhaften siebten Löwenwelpen betreten.

Nun war sie dabei, zusammen mit Leo und, noch wichtiger, mit allen Kindern der Welt und vielen besonnenen Menschen, die nun einen Anlass hatten, ihre guten Ideen zu realisieren, den wichtigsten Impuls der Menschheitsgeschichte in die Tat umzusetzen – also den Mitmenschen in Not zu helfen und die Umwelt zu schützen.

Aber bevor sie von dort oben auf die Erde herabstieg, wo hohe Gefängnismauern ihren geliebten Löwen seit sieben Monaten von der Außenwelt abschnitten, schaute sie noch einmal auf den Erdball: Irgendwo am Rande eines Dorfes, in einer Stadt, einem Land, einem Kontinent, auf dem Planeten Erde, oder vielleicht irgendwo in einem Winkel des Sonnensystems, im Herzen der Milchstraße, zwischen unzähligen Galaxien und Riesensternen, die unseren Mutterstern unbedeutend erscheinen lassen, erblickte sie ein winziges Fußballfeld, wo ein junges trauriges Mädchen einen Löwen umarmte, dessen Herz verworrene Schwingungen zum Daseinshimmel hin aussandte.

Sie landete ruhig und mit einem Herzen, das sich angesichts der Unermesslichkeit der Welt beträchtlich erweitert hatte, neben ihrem wertvollen, wieder gefundenen Freund.

Der Löwe starrte sie mit seinem warmen leidenschaftlichen Blick an.

Dann berührte er sie zart mit seiner rechten Pfote und fragte spaßeshalber mit seinem schönsten Lächeln: „Übrigens, was war denn da oben alles los?"

8

Vielleicht war es Peter Papahn mit seiner genialen Idee, oder die Sage vom siebten Löwenwelpen, die jede Rabenmutter im Herzen des Dschungels ihren Kindern erzählte, was dazu beitrug, daß die Geschichte um unseren Löwen ihren Geburtsort verließ und Dörfer, Städte, Häuser und Herzen eroberte.

Oder vielleicht war es der Keim eines Jahrhunderte, sogar Jahrtausende alten Wunsches, der nun urplötzlich durchgebrochen war.

Was auch immer es war, alles lief bestens, von anfänglichen Hindernissen abgesehen. Egal, wo sich der sprechende Löwe in seinem goldenen Käfig vor der Kamera zeigte, und egal, wo er auftrat – es wurde zum größten Spektakel des Planeten, das jeden Zuschauer in Staunen versetzte.

Und die Erdbewohner, verzaubert von dem sprechenden Löwen, seiner Größe und der Magie seines Wesens, besannen sich auf die Bedeutung der Worte „Herzlichkeit“, „Einfühlung“ und „Mitgefühl“ und überwiesen großzügig und überreichlich auf die Spendenkonten von Hilfsorganisationen und verschiedenen Stiftungen für in Not geratene Kinder und Erwachsene in aller Welt.

Die Wünsche und Träume eines sprechenden,

riesigen, gut aussehenden und tugendhaften Löwen, der sein großes saftiges Steak mit Gabel und Messer und einer Serviette um den Hals verzehrte, waren so menschlich und tadellos, daß in kürzester Zeit zahllose Umwelt- und Tierschützer, Jagdgegner, internationale Vereine gegen die Geschlechtertrennung, von wohltätigen reichen Ex-Prostituierten unterstützte Verbände für die Rechte der Prostituierten, Friedensorganisationen aus aller Welt usw. sich Leos Programm, das sich „Nahrung und Bildung für alle" nannte, anschlossen.

Diese Organisationen wurden von den unterschiedlichsten Fördermitgliedern unterstützt – Wissenschaftlern verschiedener Fachrichtungen, Professoren, Studenten, Reportern ohne Grenzen, Filmemachern, Kinostars, nicht zwielichtigen Politikern, Anwälten, Wirtschaftsspezialisten, berühmten Interpreten, Kaufhausverkäufern, Metzgern, Fabrikarbeitern, Hausfrauen, Rentnern, Schülern und, wie gesagt, Prostituierten.

Ich muß gestehen, daß die Voraussetzungen, die das größte Ereignis des einundzwanzigsten Jahrhunderts ermöglichten, derart zahlreich und ausschlaggebend waren, daß ich nicht weiß, womit ich beginnen soll.

Daher beschränke ich mich auf nur eine einzige, die einen direkten Bezug zu unserer Geschichte hat. Kurz nach dem gemeinsamen Auftritt von Leo und Königin Elizabeth III, vollbrachte die alte Dame eine wichtige und menschliche Tat, die zu ihrer enormen Beliebtheit beitrug. Sie verzichtete als Königin von England auf ihre Ansprüche und erklärte Irland abrupt für unabhängig.

In der schlichten Erklärung, die sie nicht über den Sprecher des Buckingham Palace, sondern über ihre Internetseite abgegeben hatte, hieß es:

„Es ist an der Zeit, daß der heutige zivilisierte und über die politische Macht verfügende Mensch der Demokratie und den Menschenrechten Respekt und Treue erweist. Daher erkläre ich als Königin von England mein Einverständnis mit dem alten Unabhängigkeitsanspruch des irischen Volkes und verzichte auf alle meine Rechte in Irland, die von meinen Vorfahren auf mich überkommen sind.

Hiermit erkenne ich die Unabhängigkeit Irlands offiziell an. Ich hoffe, daß diese Maßnahme die Wiedergutmachung und Versöhnung zwischen den beiden Völkern in die Wege leitet."

Ich kann euch überhaupt nicht beschreiben, welche Freude diese Erklärung in der ganzen Welt, insbesondere in Irland, auslöste. Die Vertreter des freien Denkens sagten sich: „Unglaublich! Manchmal geschehen Dinge in der Welt, die einem Wunder nahe kommen."

Der Traum von Bobby Sands, der aus Protest 66 Tage lang keine Nahrung zu sich nahm und schließlich für sein Ideal sein Leben opferte, war Wirklichkeit geworden. Ich selbst war in jenem Jahr, als Bobby Sands starb, ein kleiner Knabe und lebte in meiner entlegenen Geburtsstadt.

Nächtelang saß mein Vater mit zugeschnürter Kehle vor dem Fernseher und verfolgte die Bilder des zielstrebigen Iren, der immer schwächer und blasser wurde und schließlich künstlich ernährt werden mußte.

Als er dann für immer einschlief, versuchte mein wortkarger und zutiefst trauriger Vater seinem fünfjährigen Sohn, der ihn gefragt hatte, warum er traurig sei, umständlich zu erklären, was Freiheit und Unabhängigkeit bedeuten.

Vor dem gemeinsamen Auftritt der beiden aber hatten einige traditionstreue, konservative und unfriedliche Politiker ihren Unmut darüber geäußert, daß es der hoheitsvollen Königin von England unwürdig wäre, sich in einem Zirkus mit einem Monstrum zu zeigen.

Ihrer Meinung nach stünde die Ehre Englands auf dem Spiel. Außerdem, was hätten die Königin und der sprechende Löwe einander zu sagen? Und warum sollte ihre Unterredung hinter verschlossenen Türen stattfinden?

Was würde geschehen, wenn der aus dem Dschungel entflohene, monströse und inzwischen so beliebte Löwe bei der Darbietung sein ungeheures Maul auf einmal schließen würde, während sich der Kopf ihrer Majestät darin befände?

Unser geliebtes England steuerte dann auf eine Katastrophe zu.

Und die ganze Welt würde uns auslachen!

Einige Zeitungen zitieren noch immer Leos einzige Äußerung, als er von einer Privataudienz bei der Königin zurückkam:

„Nach der Londoner Darbietung, bei der ich die Ehre hatte, gemeinsam mit der Königin aufzutreten, wurde ich zu einer privaten Unterredung in den

Buckingham Palace eingeladen. Man führte mich in einen großen Salon, und dort nahm ich neben dem Kamin Platz. Nach Frau Hamilton und einigen wenigen Freunden bot sich mir erneut die Gelegenheit, mich mit jemandem unter vier Augen zu unterhalten.

Ich konnte meine Augen von den an den Wänden hängenden Gemälden und den vielen kostbaren Gegenständen im Raum nicht abwenden. Die Königin trank Tee, während sie sehr freundlich und natürlich mit mir sprach.

Sie zeigte auf die Türen und Wände und sagte: ‚Lieber Leo, bitte fühlen Sie sich hier wie zuhause. Zwar haben Ohren jenseits dieser Wände über Jahrhunderte Dinge erlauscht, die sie nicht vernehmen durften. Und die Besitzer dieser Ohren stifteten im Laufe der Zeiten viele Freundschaften, aber auch viel Hader.

Doch als Königin von England, die vor wenigen Stunden ihren Kopf mit einem Gefühl des Vertrauens in Ihr Maul stecken durfte, versichere ich Ihnen, daß diese Wände keine Mikrofone beherbergen, so daß unser Gespräch nicht aufgenommen werden kann!"

Dann schenkte sie mir ein warmes und ehrliches Lächeln, das ich schon mal auf ihren Fotos gesehen hatte. Ich erwiderte ehrfürchtig: „Es ist bemerkenswert, daß Sie noch immer genauso lächeln wie im Alter von sechs Jahren."

Dies waren die einzigen Aussagen, die Leo über seinen hinter verschlossenen Türen abgestatteten Besuch bei der Königin je von sich gab.

Meinen umfangreichen Nachforschungen zufolge

sind viele Tierarten - seien es Hornträger, Vögel, verschiedene Katzenarten oder auch Mischwesen - in den Fabelbüchern zu Ruhm und Beliebtheit gelangt. Indem sie menschliche Eigenschaften besaßen und auch dementsprechend handelten, beeinflußten sie das Leben und das Verhalten vieler Menschen.

Ein berühmtes Beispiel ist das weiße Kamel des Propheten Mohammed, das während der Entstehungsphase des Islam dazu auserkoren wurde, den Standort der ersten Moschee zu bestimmen. Diese Moschee in Medina, „Prophetenmoschee" genannt, an deren Bau Mohammed trotz vieler anderer Beschäftigungen von Anfang an persönlich mitwirkte, ist nach hunderten Jahren noch immer unbeschädigt erhalten.

Über das weitere Schicksal des weißen Kamels und über sein Lebensende ist leider nichts bekannt.

Ein anderes weithin bekanntes Exempel kommt in der „Geschichte der Gefährten der Höhle" vor, die die islamische Variante der „Sieben Schläfer von Ephesus" ist. Nach dieser Legende finden die verfolgten Gefährten Zuflucht in einer Höhle und fallen dort in tausendjährigen Schlaf.

Vor ihnen liegt ein Hund und bewacht den Eingang der Höhle. Zum Lohn für seine Verdienste kommt dieser Hund später ins Paradies.

Weitere berühmte Beispiele sind: Das hässliche Entlein von Hans Christian Andersen, das Pferd von Lucky Luke, Jolly Jumper genannt, der sprechende Rabe von Sindbad, der Sheila heißt, der mythische Flammenvogel Phönix, und die vielen bekannten Tiere aus der altindischen Dichtung Panchatantra.

Wie den Geschichtsbüchern zu entnehmen ist, gab

es zur Regierungszeit des mächtigen Kalifen Harun ar-Raschid aus dem Geschlecht der Abbasiden einen Bonobo oder Zwergschimpansen, der über denkwürdige Fähigkeiten verfügte. Harun hatte ihn so lieb, daß er ihm die Herrschaft über Iran und Syrien überließ.

Diese Maßnahme des Kalifen hatte eine symbolhafte politische Bedeutung. Einerseits wollte er damit den Emiren und seinen Gegnern zeigen, wie bedenkenlos und machtvoll er regierte, andererseits wollte er allen deutlich vor Augen führen, wie seine Untertanen ihm so treu ergeben waren, daß sie sich sogar von seinem Affen kommandieren ließen.

Auch die ranghohen Armeeoffiziere sollten bei ihrem Besuch zuerst die Hand des Kalifen küssen und dann die des Affen, dessen Finger kostbare Ringe zierten.

Die Löwen haben mit ihrem prachtvollen Aussehen, ihrer besonderen Beherztheit und Ungebundenheit die Menschen seit man denken kann fasziniert. Von den Adlern einmal abgesehen, kann man ihre Einzigartigkeit, die sie so beliebt macht, mit keinem anderen Tier vergleichen.

Das ist wahrscheinlich auch der Grund, warum es mehr Bilder und Skulpturen von Löwen gibt als von anderen Tieren. Es scheint, als liege in ihrem Ausdruck, Gebaren und Verhalten etwas Vertrautes, den Wünschen des Menschen Verwandtes – und das macht sie so beliebt. Diese Beliebtheit ist so groß, daß viele alte Länder das Bild des Löwen als Hoheitszeichen auf ihren Fahnen haben.

Sogar die Zuständigen der Fußballweltmeisterschaft, die vor der Entdeckung unseres sprechenden Löwen als das größte Ereignis unseres Planeten galt und immer wieder den Rekord für die Zuschauerzahlen knackte, entschieden sich beim letzten Mal für das Bild eines lachenden Löwen als Zeichen des Wettbewerbs.

Auch Löwe als Vorname ist sehr beliebt. Kein anderes Tier kann diesbezüglich dem Löwen das Wasser reichen, denn niemand, von den Indianern einmal abgesehen, nennt sein Kind Affe, Frosch, Geier oder Hirschkuh – aber Leo, Asad, Shirzad usw., sind populäre Vornamen.

Auch in der Astronomie und Astrologie haben die Wissenschaftler seit der Antike ihrer Vorliebe für Löwen Ausdruck verliehen: Das Tierkreiszeichen Löwe, von den Arabern „Asad", den Griechen „Leon" und den Römern „Leo" genannt, das nachts bei klarem Himmel mit bloßem Auge zu sehen ist, zeugt davon.

Diese Konstellation war auch Teil des babylonischen, des sumerischen und des assyrischen Tierkreises.

Zurück zu unserer Geschichte:

Nach dem gemeinsamen Auftritt unseres sprechenden, mit Gabel und Messer Steak essenden Löwen mit der Königin von England und einigen weiteren Vorstellungen, wurde zum ersten Mal in der Geschichte der Menschheit der „Friedenspreis der Erde" nicht einem Zweibeiner, sondern unserem vierbeinigen Leo verliehen, was seine Popularität noch mehr steigerte.

Bei der Preisverleihung hätte ich euch gerne dabei

gehabt! Ein wunderbarer, hinreißender Augenblick.

Nelson Mandela als Symbol des freien afrikanischen Kontinents, der die meisten Jahre seines Lebens hinter Gittern verbracht hatte, war als Ehrengast der Akademie zur Preisverleihung eingeladen.

Vor Beginn der Feier wurde ein Dokumentarfilm über Leos Leben und seine humanen Wohltätigkeiten gezeigt. Obwohl sein großes Herz vor Aufregung raste, verschlang er als professioneller Fernsehzuschauer jede Szene mit Augen und Ohren.

Der Film berichtete über unzählige Schulen, Krankenhäuser, Bibliotheken und Kinos, die in Afrika und anderen Teilen der Welt dank seiner Initiative gebaut worden waren. Man sah auch unschuldige, bettelarme AIDS-Infizierte, die diese Krankheit von ihren Eltern geerbt hatten und nun eine Behandlung nach dem neuesten Stand der Forschung erhielten, die normalerweise den Reichen vorbehalten war.

Darüber hinaus informierte diese Doku auch über die Atmosphäre und die Umwelt. Optimistische Statistiken sprachen davon, daß neue Parks und Grünanlagen angelegt, die Vernichtung der Wälder gestoppt, mehr Gebiete unter Naturschutz gestellt und damit viele Tierarten, sogar unzählige Menschen, vor einem sicherem Untergang gerettet worden waren.

Auch von einigen kerntechnischen Anlagen und Reaktoren, die man stillgelegt hatte, war die Rede. Aber der interessanteste Teil des Filmes war den gründlichen und erfolgreichen Aktivitäten etlicher genialer Wissenschaftler gewidmet, die mit Leo zusammenarbeiteten. Sie hatten riesengroße Wasserkanäle ausgehoben, die den Suezkanal in den Schatten stellten.

Mit Hilfe dieser Kanäle konnte man das Wasser der Ozeane und nahe liegenden Meere in die wasser- und vegetationsarmen Gebiete leiten. Des Weiteren errichtete man gigantische Staudämme sowie Wasserkraftwerke, die mit modernster Technologie kinetische in elektrische Energie umwandelten.

Darüber hinaus wurden neue landwirtschaftliche Methoden entwickelt und der jeweiligen Beschaffenheit der unterschiedlichen Kulturböden angepasst, so daß ihre Leistung enorm gesteigert werden konnte und das Ertragsniveau einen rekordverdächtigen Stand erreichte.

Diese positiven Veränderungen sorgten dafür, daß viele neue Arbeitsplätze geschaffen wurden und die Bewohner der betroffenen Gebiete, die man lange Zeit im Stich gelassen hatte, eine Beschäftigung oder eine Ausbildung fanden.

Nach der Filmaufführung stieg der in die Jahre gekommene Mandela mit müden Schritten, die von einem lebenslangen Kampf gegen die Rassentrennung und für die Erlangung der Freiheit zeugten, auf die Bühne, um eine Rede zu halten.

Zuerst richtete er seinen Dank an den sprechenden Löwen für seine fabelhafte Geschichte, seine Erinnerungen, Wünsche und Träume, die er aus dem Herzen der entlegenen grünen Wälder mitgebracht und dann verwirklicht hatte.

Dann trug er mit seiner warmen afrikanischen Stimme ein Gedicht mit dem Titel „Das Märchen" vor, das ein unbekannter Dichter für Leo geschrieben hatte.

Dieses Gedicht war Leos Lieblingsgedicht – es war

in mehrere Sprachen übersetzt worden, so daß es viele Menschen in der ganzen Welt auswendig gelernt hatten:

Der Sperlinge trunkenes Zwitschern
und der Kanarienvögel seltsamer Gesang am Tag –
Das Zirpen der
Singzikaden und das
Quaken der Frösche in
der Nacht –
Auf der Suche nach seinem
Lied vergeudet der Vogel
niemals seinen Frühling –
Erzähle das Märchen Deiner
Zeit und überlasse es uns,
ob wir ihm Glauben
schenken oder nicht!

Was in diesem Augenblick in dem Löwen vorging, der einst ein hagerer, hoffnungsloser Welpe gewesen war und nach sechs hintereinander erfolgten Geburten mit offenen Augen kurz nach Sonnenaufgang geboren wurde, ist unbeschreiblich. Nun träumte er offenen Auges.

Der Dokumentarfilm hatte seine Erinnerungen auf eigenartige Art und Weise wieder in Fluss gebracht. Ruhig und lächelnd saß er neben Frau Professorin Hamilton, die nach dem Tod ihrer Mutter zurückgekommen war, um ihr Versprechen einzulösen und für immer bei ihm zu bleiben.

Die Geräusche im Raum und die Worte Mandelas vernahm er nur bruchstückhaft und mit Unterbrechungen. Er war in seine Erinnerungen versunken.

Hatte er schon den größten Erfolg seines Lebens erzielt?

Die Anwesenheit von Frau Hamilton beruhigte ihn und gab ihm die Gewissheit, daß es sich um einen wahr gewordenen Traum handelte.

Alle seine Freunde, die er im Laufe der vergangenen Monate kennengelernt und mit denen er viele Projekte verwirklicht hatte, waren ebenfalls zugegen.

Unter ihnen der geniale Spezialist für die Entdeckung besonderer Talente, Peter Papahn, der von Anfang an sein Manager und Berater war und dank Leo einen Weg gefunden hatte, aus seiner Genialität und seinem Reichtum den maximalen Nutzen zu ziehen. Sogar der Hochstapler und Speichel spuckende Jerry Dogfield war dabei, der alle Delikte mit brutalsten Mitteln aus der Welt schaffen wollte.

Der gleiche Dogfield, der es trotz seiner verdammten Überwachungskameras und Mikrofone nicht geschafft hatte, als Berater des Präsidenten in seinem streng geheimen Sicherheitsbericht den Namen Bobos zu erwähnen und auf seine Beziehung zum sprechenden Löwen einzugehen, was man sicherlich nicht dem Zufall zuschreiben kann.

Denn während der ganzen sieben Monate, die Leo in dem gut ausgerüsteten Gefängnis verbracht hatte, hing das einzige Foto von Bobo, das ihn auf dem fliegenden Teppich mit dem Lichtberg in den Krallen zeigte, an der Wand seiner Zelle.

Leo sah im Raum sogar die gesellige, wohlwollende Schwester Aglaia Martinez, die als geborene Lehrerin mindestens zwei- bis dreitausend Kindern und einem Löwen das Lesen und Schreiben beigebracht hatte.

Auch diejenigen Klassenkameraden waren in seinen Augen anwesend, die nie mehr in die Schule gekommen waren, und seine Eltern und Geschwister ebenfalls.

Er sah sogar die schönen bunten Schmetterlinge, die ihn am siebten Tage seines Lebens vor dem sicheren Tod gerettet hatten. Alle waren dabei. Und von überall her drang der angenehme Geruch von frischer Milch seiner Mutter ihm in die Nase.

Der überbordende Beifall des Publikums holte Leo wieder zurück zu sich.

Als er verträumt auf das Podest stieg, hatte er das Gefühl, als stiegen all seine Freunde und Bekannten, ob als reale Personen oder als Schimären, wie eine Mannschaft mit auf die Bühne. Es war ein merkwürdiger Augenblick.

Leos Herz, das größer war als das Herz irgendeines Lebewesens, wäre beinahe stillgestanden. Auf der Bühne kam hinkend, so als trüge sie die Last der Geschichte auf ihren Schultern, Schwester Martinez auf ihn zu. Ihr Blick war warm und neugierig wie an jenem Tag, an dem sie ihrem Schützling ein Buch schenken wollte.

Als sie den Löwen erreichte, berührte sie sachte mit dem Finger seine Nase.

Damit wollte sie ihm sagen: „Ja, ich wußte, dass man auf dich zählen kann. Deshalb schenkte ich Dir das beste Buch, das ich hatte!"

Zwei große Tropfen stiegen dem Löwen in die schönen Augen, die so groß wie die glänzenden Kugeln waren, die man an den Weihnachtsbaum hängt – und in denen man den grünen Dschungel sehen konnte, obwohl er nun in der größten Stadt der Welt und hinter Gittern lebte. Beglückt und mit Tränen in den Augen schaute er auf die einzelnen Gesichter seiner Liebsten im Raum.

Auf einmal wurde er auf zwei Personen aufmerksam, die auf der Bühne standen und wie die Seeräuber in den Kinofilmen aussahen. Er konnte sich nicht erinnern, sie jemals zuvor erblickt zu haben. Einer von ihnen hatte ein Holzbein.

Eines seiner Augen war groß und hervorstehend, was auf eine Störung der Schilddrüsenfunktion hindeutete, und das andere winzig klein.

Er wartete euphorisch darauf, den Preis in Empfang zu nehmen.

Leo fragte ihn höflich und mit seinem gewohnten Humor:

„Entschuldigen Sie, ich kann mich nicht an Sie erinnern. Kennen wir uns?"

Der Gefragte, der in seinem ungewöhnlichen Kostüm wie ein Phantom wirkte, nahm seinen breiten wasserdichten Seemannshut ab und sagte:

„Kapitän Christoph Columbus."

Leo war außer sich vor Begeisterung und schrie: „Oh, lieber Himmel, Sie sind hier!"

Kolumbus, sichtlich stolz, daß der berühmteste Löwe der Welt von ihm wußte, erwiderte in eitlem Ton: „Ja, ich habe Amerika entdeckt!"

Leo, dem die Eitelkeit des Kapitäns nicht gefiel, aber gleichzeitig um den Jahrhunderte alten zittrigen Mann, der pochend auf den Preis wartete, besorgt war, fragte mit großer Selbstbeherrschung:

„Sind Sie auch für den Preis nominiert worden?“

Kolumbus legte seine eitle Maske ab und entgegnete:

„Ich muß ehrlich gestehen, daß ich noch vor kurzem auf hoher See mein Schiff eifrig und schweißgebadet Richtung Insel der Glückseligkeit steuerte – 450 Jahre von der letzten in der Ferne gesichteten Küste entfernt – als ein Horn laut ertönte und mich hierher bestellte. In der Zwischenzeit habe ich sogar ein Bein verloren, was die Geschichtsbücher wie vieles andere auch nicht berichten.

Jedenfalls habe ich wie Sie keine Ahnung, warum ich hier bin.

Der merkwürdige Ton eines Horns beorderte mich hierher.

Vielleicht hat es etwas mit unseren gemeinsamen Träumen zu tun.

Was glauben Sie, gnädiger Herr Löwe, warum ich und meine Seeleute unser komfortables Zuhause verließen und mit einem Kopf voller Träume in See stachen – etwa um Schlachthäuser zu bauen?

Glauben Sie, wir sind seit Jahrhunderten umsonst auf den Gewässern aller Welt unterwegs? Auch wir haben wie Sie große Träume gehegt. Passen Sie bitte gut auf, was aus Ihren Wünschen und Hoffnungen wird.

Wie ich schon sagte, habe ich seit langem kein festes Land mehr unter den Füßen gespürt. Die Augen meiner armen Seeleute haben kein Licht mehr.

Ich muß, bevor das Horn aufs Neue ertönt und ich

dann wieder in See steche, unbedingt Brot, Salz und Pfeffer finden. Schade, daß es heute hier nichts zu essen gibt, sonst hätte ich Sie gebeten, mir von Ihren kulinarischen Fleischgerichten etwas zur Verfügung zu stellen, denn der Fischgeschmack widert mich an!"

In Leos Ohren klang der Seefahrer, der über das heutige Programm gut informiert zu sein schien, überzeugend, obwohl er nicht alles verstand und sich ein wenig irritiert fühlte. Trotzdem hatte er Mitgefühl mit dem holzbeinigen Kolumbus.

Er dachte für sich: „Gott behüte, wie soll ich ihm in diesem Durcheinander Brot, Salz und Pfeffer besorgen?"

Er wandte seinen Kopf und sprach die zweite Spukfigur an, die ebenfalls eigenartig gekleidet war: „Lieber Freund, mit wem habe ich die Ehre?"

Diese zweite Gestalt war ein wenig schüchtern, schien aber eine interessante Person zu sein. Holprig, und mit dem Finger auf Kolumbus zeigend, antwortete sie: „Ich bin sein Freund. Ich kam zusammen mit ihm hierher.

Mein Name, falls Sie ihn wissen möchten, ist Galileo Galilei. Ich kaufte eine einfache Fahrkarte und bestieg das Schiff dieses Herrn. Von meinem Passagierstatus abgesehen, helfe ich ihm bei der Steuerung seines Schiffes und gebe ihm diesbezüglich Ratschläge.

Auch ich habe eine lange Geschichte zu erzählen, aber hier oben ist nicht der geeignete Ort dafür. Bitte fragen Sie nicht danach. Es hat bestimmt seine Gründe, weshalb auf einmal vier Personen hier auftauchen!“

Leo schaute sich um, sah aber keine weiteren Personen.

Galilei fuhr fort:„Ich kann in aller Kürze nur dies berichten, daß ich irgendwann etwas sagte – was heißt „etwas“, ich sprach nur über eine physikalische Wahrheit – und ein Leben lang dafür büßen mußte.

Unzählige mühsame Jahre hatte ich geforscht, um schließlich zu der Erkenntnis zu gelangen, daß die Erde sich um die Sonne dreht, was heute jedes Kind in der Schule lernt. Und was behaupteten die Großväter eben dieser Menschen, die Ihnen heute einen Preis verleihen möchten?

Nein, sagten sie, es ist die Sonne, die sich um die Erde dreht, und nicht nur die Sonne, sondern das ganze Universum. Und sie bezeichneten meine Erkenntnissuche als Einmischung in göttliche Angelegenheiten, und nahmen es mir so übel, daß sie mich als des Teufels Feldprediger verleumdeten. Ich wurde verhaftet.

Beinahe hätten sie mich bei lebendigem Leibe auf dem Scheiterhaufen verbrannt.

Aber ich kam ihnen zuvor und sagte zu ihnen: Meine Herren, ich war im Irrtum. Bestimmt hat mich dieses Höllen-Instrument, Teleskop genannt, in die Irre geführt. Ferner weiß jeder, dass ich jeden Sonntag in die Kirche gehe, obwohl ich keine Zeit habe, meine Wäsche zu waschen.’

Langer Rede kurzer Sinn: meine Beichte rettete meinen Kopf. Auch mein Teleskop, das heutzutage in einem Museum zu sehen ist, wurde gerettet, indem es in die Gerichtsakten aufgenommen wurde. Da ich nun zusammen mit Christoph und Giordano festes Land unter den Füßen habe, möchte ich sehr gerne mein Teleskop wiedersehen, bevor das Horn ertönt und uns wegholt. Bereite Dich vor, jetzt bist Du dran. Ich wünsche Dir alles Gute für Deine Rede."

Es verschlug Leo die Sprache, denn mit dem Namen Giordano konnte er nichts anfangen. Er wandte sich Kolumbus zu und fragte perplex: „Wer ist denn hier Giordano?"

Der Geist von Kolumbus mit jenem Holzbein und dem hervorquellenden Auge, der Jahrhunderte lang in Suche nach der Insel der Glückseligkeit auf den realen und fiktiven Gewässern der Welt unterwegs gewesen war, ergriff wieder das Wort, bevor Galilei den Löwen total verwirren konnte:

„Gemeint ist Bruno, Giordano Bruno. Auch er ist Passagier auf meinem Schiff und wartet schon draußen. Wenn Sie erlauben, rufe ich ihn in Ihrem Namen herein.

Er hat ein merkwürdiges Benehmen und ist ein wenig hitzköpfig, genau das Gegenteil von Galilei. Wegen seiner Gedanken und Ansichten, die denen von Galilei ähnelten, und weil er nicht widerrief, wurde er auf dem Scheiterhaufen hingerichtet.

Seit ich auf hoher See unterwegs bin, ist er mein Begleiter. Der arme Giordano war sogar dabei, als ich Amerika entdeckte. Er ist ein guter Mensch, nur etwas nervig.

Ja, er und Willi sind Passagiere meines Schiffes. Den Willi kennst Du bestimmt besser als ich. Ich meine William Shakespeare."

Als er den Namen Shakespeare nannte, funkelte sein hervorstehendes Auge. Leo wußte nicht mehr, ob er wachte oder träumte.

Ob er bei einer Preisverleihung sei oder auf dem Karneval der Geister.

Er schaute voller Neugier und Leidenschaft um sich. Der Geist von Galilei, der Shakespeare nicht zu mögen schien, ergriff das Wort, bevor Kolumbus fortfahren konnte: „Ja, Herr William Shakespeare ist hier unter uns.

Aber machen Sie sich keine Mühe, ihn hier oben zu suchen, denn die Zeit reicht dazu nicht aus. Er ist sicherlich irgendwo in der Nähe und tauscht Zärtlichkeiten mit einer schönen Dame aus, die er verführt hat, um sein nächstes Drama aufregender gestalten zu können."

Leo war wie vor den Kopf gestoßen. Heimlich und aufgeregt warf er einen Blick auf die erste Reihe. Als er sah, daß seine liebe Tina Hamilton noch immer auf ihrem Stuhl saß, atmete er erleichtert auf.

Galilei, der alles zu wissen schien, fuhr übellaunig fort:

„Obwohl er mit einem ungewöhnlichen erzählerischen Talent begabt ist, hat er bestimmt irgendwo ein Bordell gefunden und amüsiert sich gerade. Allerdings hat er eines ausgewählt, von wo aus er das Ertönen des Horns hören kann.

Ja, er ist gerade in einem Bordell, aber das ist nicht die ganze Geschichte.

Falls man ihn dort nach seinem Namen und seiner Adresse fragt, weist er sich mit dem Namen und der Adresse meiner Wenigkeit aus.

Ja, der Niederträchtige behauptet, er sei Galilei.

Oder er sei Leo.

Haben Sie jetzt verstanden?"

Leo machte runde Augen und blickte verwundert drein. Als Galilei das sah, fuhr er triumphierend fort:

„Sie müssen ihn auf dem Schiff erleben. Er macht allen das Leben zur Hölle. Seinetwegen leert der arme Sokrates stündlich einen Schierlingsbecher. Er meint, er habe zwei Schüler ausgebildet und sie der Gesellschaft geschenkt, die..."

Der Geist von Galilei, der seit Jahrhunderten kein Ohr mehr für seine Mitteilungen gefunden hatte, konnte nun auf Leo und die gute Gelegenheit nicht verzichten. Daher konnte er sich nicht bremsen, was wiederum den Kapitän auf die Palme brachte. Der ging verärgert, aber sich beherrschend und auf seinem Holzbein hinkend zu Galilei, zog ihn zur Seite und flüsterte ihm ins Ohr:

„Merkst Du nicht, daß Du ihm mit Deinem Unsinn auf die Nerven gehst? Anscheinend hast Du gar keine Ahnung, was er bisher alles gelitten hat.

Du treibst ihn zum Wahnsinn! Wir sind hier, um nach langer Durststrecke diesen verdammten Preis zu bekommen, ein bisschen Brot, Salz und Pfeffer zu besorgen und.... Benimm Dich! Wenn Du brav bist, gehen wir Dein Teleskop besichtigen.

Bin einverstanden. Aber Du darfst es nur anschauen, keineswegs stehlen!

Schlag Dir diese verrückte Idee aus dem Kopf! Sie ist eines Wissenschaftlers Deiner Größe unwürdig!"

Galilei erwiderte jammervoll:

„Wenn wir zur Insel der Glückseligkeit gelangen wollen, muß ich mich nach den Sternen richten. Daher brauche ich das Teleskop unbedingt. Außerdem: dieses Teleskop gehört einzig und allein mir! Basta!"

Kolumbus, dem es nicht gelungen war, den Wissenschaftler zu überzeugen, hatte nichts mehr zu verlieren. Er kehrte zurück zu Leo und sagte mit freundlicher und heiserer Stimme: „Lieber Leo, ich beschwöre Sie, erzählen Sie niemandem, wie wir aussehen und in welcher Verfassung wir sind. Auch sagen Sie bitte niemandem, daß wir die Insel der Glückseligkeit noch nicht gefunden haben.

Wehe, wenn die Historiker davon erfahren und es in die Geschichtsbücher aufnehmen. Das würde unzähligen Freunden das Herz brechen und unzähligen Feinden Schadenfreude bereiten!

Als Märchen können Sie es ruhig erzählen. Denn in einem Märchen ist vieles nur Allegorie. Sie haben unsere Seelen sehr beflügelt und ich bedanke mich recht herzlich dafür. Passen Sie gut auf sich auf, mein Sohn."

Der Geist von Christoph Kolumbus zog seine rechte Hand hervor, die er bis dahin wie Bonaparte in seiner Weste versteckt hatte, um Leo zum Abschied zuzuwinken.

Leo sah mit ungläubigen Augen, daß eine scharfe, goldfarbene Hakenhand den Arm des Kapitäns zierte und in der Luft glänzte.

Er wollte ihm eine Frage stellen, aber der Geist ließ es nicht zu. Er lächelte dem Löwen aus der Ferne nur bedeutungsvoll zu, um ihm wortlos zu sagen: ‚So was kann einem alten Abenteurer zustoßen. Sag niemandem, was du gesehen hast.' Dann stampfte Kolumbus mit seinem Holzbein mehrere Male auf den Boden. Es klang rhythmisch und angenehm. Alle im Raum, von lebendigen Menschen bis zu spukhaften Wesen, hielten inne.

Leo entfernte sich von den Geistern, um die wichtigste und kürzeste Rede seines Lebens zu halten....

Die Preisverleihungszeremonie, oder der „Karneval der Geister", wie Leo sie nannte, war zu Ende. Die bekannten und unbekannten Geister waren verschwunden.

Der erste Mensch, der dem Löwen gratulierte, war Frau Professorin Hamilton.

Sie war auch der einzige Mensch, der ihn umarmte – besser gesagt: sie warf sich ihm in die Arme. Denn einen Löwen von der Größe Leos zu umarmen, ist wegen des menschlichen Körperbaus nicht möglich.

Diese Szene mit der Umarmung Leos war leider aufgrund der Engstirnigkeit einiger Fotografen und Journalisten die einzige, die als Höhepunkt des Abends erwähnt wurde.

Für die Medien ein gefundenes Fressen. Alles andere war dagegen belanglos und ähnelte kaum einem Zirkusauftritt. Vielmehr beschäftigte sich das Restprogramm mit Leos Träumen und Wünschen – und die entsprachen der Sensationslust der Medien im Gegensatz zur Umarmungsszene weniger.

Tinas zierlicher schöner Körper fühlte sich so angenehm und warm an, daß er wie ein Allheilmittel wirkte und Leos Schwindel und Halluzinationen flugs beendete.

Er schloss und öffnete seine Augen einige Male, um wieder zu sich zu kommen.

Er wollte Tina fragen, aus welchem Grunde Galilei und Kapitän Kolumbus urplötzlich verschwunden waren.

Er wollte sie auch fragen, ob sie das Horn gehört hätte.

Er tat es aber nicht, denn sie, wie auch die anderen im Raum, machte den Eindruck, als hätte sie die Anwesenheit der genannten Personen überhaupt nicht wahrgenommen. Sie zu fragen, wo die Geister hingegangen waren, wäre unbeantwortet geblieben.

Er dachte, vielleicht hätte das Hornsignal sie zum Schiff zurückgerufen, und seine Freunde wären nun wieder auf den Weltmeeren unterwegs, ohne daß er irgendetwas für sie hätte tun können. Dieser Gedanke stimmte ihn traurig.

Im Zirkus hätte er dem Kapitän bestimmt ein Stück seines saftigen Steaks heimlich zur Verfügung gestellt, ohne daß die neugierigen Zuschauer und Kameraleute es bemerkt hätten.

Eventuell aber hatte der gierige Geist von Galilei es doch geschafft, seine Freunde zur Entwendung seines Teleskops zu überreden. Oder vielleicht hatte Shakespeare in dem berühmt-berüchtigten Viertel ihnen allen eine Menge skandalöser Schwierigkeiten bereitet. Alles in allem jedoch war es ein gelungener Abend, der einen tiefen und bleibenden Eindruck auf Leos Charakter und seine Gedanken machte.

Er wurde dadurch auf die Museen der Menschen neugierig und besuchte sie seitdem ständig. Nur bekam er Galileis Teleskop niemals zu Gesicht.

Den Nachrichten zufolge war dieses berühmte Fernrohr einen Tag nach jener Zeremonie unter mysteriösen Umständen aus einem Museum verschwunden.

Seit dem Preisverleihungsabend nahm unser Löwe jedes Mal, wenn er an einen Meeresstrand ging, ein bisschen Brot, Salz und Pfeffer mit.

Niemand erfuhr jemals, warum er das wirklich tat. Er gab vor, er wolle damit ein Gelübde erfüllen.

9

Der Erfolg von Leo und seinen Freunden und die positiven Veränderungen, die sie weltweit verursachten, riefen jede Menge Neider auf den Plan.

Ihr würdet vielleicht auf Feinde tippen. Aber wie ist es möglich, sich mit einem liebenswerten und wohltätigen Löwen, der keiner Fliege etwas zuleide tun kann, zu verfeinden?

Diese Frage sollten wir an die Friedensgegner, Kriegstreiber, Waffen- und Munitionshersteller, internationalen Waffenschieber und Fabrikanten von Chemiewaffen richten. Was ihre Feindseligkeit ausgelöst hatte, war die Tatsache, daß sie zu Recht wirtschaftliche Einbußen erlitten.

Auch existierten unter ihnen hartnäckige und konservative Kräfte, die gegen jegliche Veränderung und Neuausrichtung waren.

Neben der Geschichte mit der Unabhängigkeit Irlands, die man ausschließlich der gemeinsamen Darbietung von Leo und der Königin zuschrieb, war die Begegnung zwischen Leo und Mardjan im Kabuler Zoo wiederum ein Thema, das nicht nur weiteres Leid für Leo bedeutete, sondern auch andere zusätzliche und merkwürdige Feinde auf den Plan rief.

Mardjan war ein blinder Löwe, der in einem Kabuler

Zoo in Afghanistan lebte.

Eine Handgranate, die während des Krieges in seinem Käfig explodiert war, hatte ihn schwer verletzt. Er verlor danach sein Augenlicht. Über diesen Löwen berichteten auch die Fernsehsender und die Geschichtsbücher.

Manche unter euch, die niemals bestimmte Dinge vergessen, können sich bestimmt an die herzzerreißenden Fernsehreportagen waghalsiger Journalisten erinnern, die über diesen invaliden Löwen berichteten.

Leo, der selbst sieben Monate lang unter Menschen gelebt und den Käfig erfahren hatte und niemals wieder einen Menschen oder ein Tier hinter Gittern sehen wollte, gab eines Tages bekannt, daß er aus rein persönlichen Gründen seinen invaliden Artgenossen besuchen und zum ersten Mal in seinem Leben in einen Zoo gehen wollte. Für die Medien war das ein gefundenes Fressen.

Auch der militärische und geistliche Anführer des Landes, Mullah Omar, der die Handgranate selbst in Mardjans Käfig geworfen und viele andere auf dem Gewissen hatte, informierte die Öffentlichkeit via Internet, daß er unter keinen Umständen zuließe, daß ein gottloser Löwe, der zudem noch nicht beschnitten sei, die Ehre des afghanischen Volkes besudele. Um das zu verhindern, wären er und seine Kameraden bereit, den Märtyrertod in Kauf zu nehmen.

Der Geheimdienst und Leos Freunde rieten ihm von diesem Vorhaben ab.

Tina Hamilton meinte besorgt, sie wolle ihm ihre Meinung ja nicht aufzwingen, aber es wäre doch ratsam, wenn er darauf verzichte. Und wenn er doch hingehen wolle, würde sie mitgehen. Vielleicht bestünde auch die Möglichkeit, daß man Mardjan zu ihm brächte. Peter Papahn, der ihm nun als sein Berater, Programm-Manager und Busenfreund zur Seite stand, sagte zu ihm:

„Ich weiß, daß Du ähnliche Gefahren niemals in Deinem Leben gescheut hast.

Hättest Du das getan, wärest Du jetzt nicht hier, sondern immer noch im Herzen Afrikas. Wir hätten uns auch nie getroffen. Auch jene Wünsche und all das, was ich, Frau Hamilton und Hunderttausende mit Deiner Hilfe geschafft haben, bliebe für immer unerfüllt und unverwirklicht.

Vielleicht wärest Du jetzt wie Dein Vater tot und unter Schlamm begraben.

Dieser Typ, ich meine Mullah Omar, ist brandgefährlich und absolut unbarmherzig. Wie ich aus seinen bisherigen Schandtaten schlussfolgere, ist er zu jedem Verbrechen fähig.

Wir brauchen Dich und, wie Du weißt, wir haben noch viel zu tun.

Bitte verzichte auf diese Reise."

Als Leo erkannte, daß all seine wahren Freunde ihm abrieten, willigte er vorläufig ein, bat aber um etwas Bedenkzeit. Seit sein Besuch in Kabul in Frage gestellt wurde, kehrte nachts sein alter Albtraum verstärkt wieder zurück, allerdings sah er diesmal seine Mutter und Geschwister nicht mehr. Auch nahm er nicht mehr wie früher nach dem Aufwachen den Geruch der Muttermilch wahr.

Das ließ ihn vermuten, daß irgendetwas mit seiner Einwilligung nicht stimmte, und dank seinem großen Löwenherzen, zog er daraus den Schluß, daß er um jeden Preis die Reise antreten müsse, um seinen Artgenossen, der ein Opfer des Krieges war, zu trösten.

Allerdings ohne Begleitung, insbesondere ohne Frau Hamilton, um sie nicht zu gefährden. Also machte er sich auf den Weg, und Gott sei gedankt: es ist ihm nichts zugestoßen. Der Besuch bei Mardjan im Zoo aber machte ihn um Jahre älter. Auch wenn er noch jung war, tauchten plötzlich die ersten weißen Haare in seiner prachtvollen Mähne auf.

Obwohl Mardjans milchig-weiße Augen keine Sehkraft mehr hatten, konnte er mit dem ausgeprägten Geruchssinn eines Löwen, Freund und Feind aus einem Kilometer Entfernung aufspüren. Einen anderen Löwen sogar aus sechs Kilometern Distanz. Kaum trat Leo in seinen Käfig ein, ging er humpelnd und tappend auf ihn zu und grüßte ihn herzhaft nach Art orientalischer Ehrerweisung:

„Du bist hoch willkommen. Dein Besuch beschert den Kranken Gesundheit und den Blinden Augenlicht."

Als er diese schöne Begrüßungsformel aus Gewohnheit sprach, herrschte für ein paar Augenblicke eine bedrückende Stille im Käfig, denn er selbst war weder gesund noch sehend. Leo fühlte einen Stich im Herzen. Der scheue Mardjan umarmte seinen Artgenossen, ließ aus Schmerz ein Löwengebrüll erklingen und weinte bitterlich.

Auch Leo ließ angesichts der herzzerreißenden Lage Mardjans zum ersten Mal in seinem Leben unwillkürlich ein Löwengebrüll ertönen und weinte heiße Tränen.

Er drückte ihn an sich und beschnüffelte ihn. Aus den verbrannten Augen seines Freundes, die geschlossen zu sein schienen, strömten Tränen, die nach Schwefel rochen. Dieser unangenehme Geruch versetzte Leo auf einmal zurück in jene Grube, in die er gestürzt war, als sein Vater getötet wurde.

Der ganze Käfig füllte sich mit dem üblen Geruch von Gewalt, Krieg und Mord - und ihr schmerzliches Gebrüll war in den umgebenden Gebirgen und Ebenen jenes freudlosen Landes, das seit Jahren keine wahren Löwen mehr beherbergte - bestens zu hören.

Mardjan erzählte Leo, daß er als Käfiglöwe in einem Zoo zur Welt gekommen war und noch nie in seinem Leben einen richtigen Dschungel gesehen hatte.

Daß er den sehnlichen Wunsch hege, einmal einen richtigen Dschungel zu erleben, und sei es nur eine Stunde lang. Aber diesen Wunsch müsse er nun wohl angesichts seiner körperlichen Verfassung mit ins Grab nehmen.

Fast wäre er erneut in Tränen ausgebrochen, aber er beherrschte sich.

Er entschuldigte sich bei Leo, weil er ihn nicht nach seinem Ergehen gefragt und ihn stattdessen den bitteren Tatsachen ausgesetzt habe.

Er erzählte ihm weiter, daß er noch nie in den Genuss der Umarmung eines Artgenossen gekommen wäre, weil er niemals den Käfig verlassen dürfe, und dass Leo deshalb der erste Löwe sei, den er kennenlernen konnte.

Er fügte hinzu, daß es ihm eine große Ehre sei, seine

Bekanntschaft gemacht zu haben.

Darüber hinaus hätte er von einigen Tieren, die neulich in den Zoo gebracht worden waren, wie auch von ein paar redseligen Raben, die sich manchmal auf seinem Käfig niederließen, über einen sprechenden Löwen gehört, der sich für wohltätige Zwecke einsetzte. Dann bat er Leo, ihm ein wenig vom Dschungel zu erzählen.

Leo, der sich sehr nach seinem Geburtsort sehnte und seit seiner Reise den Dschungel im Herzen Afrikas nicht mehr gesehen hatte, erwähnte aber nicht, daß auch er seit seinem siebten Lebenstag nicht mehr in den Genuss der Umarmung eines Artgenossen gekommen war. Er klatschte in die Pfoten und – mit einer Stimme, die wegen seines Gebrülls rau und heiser klang, ja kaum vernehmbar war – erzählte ihm einen Teil des Märchens über die Geburt des siebten Löwenwelpen und sein Leben im grünen Dschungel.

Bei seinen Schilderungen verwendete er meisterhaft die geschickten Erzählmethoden, die er von Bobo gelernt hatte. Er sprach von einem entlegenen Dschungel im Herzen Afrikas, dessen schöner Sternenhimmel jeden Betrachter um den Schlaf brachte.

Er sprach davon, wie auch die Sagen und Legenden um diesen Dschungel sich ständig erfrischten und erneuerten wie das Laub seiner Bäume, und ständig andere Farben annahmen.

Der Dschungel sei ein lebendiger und pulsierender Ort, der nie altere.

Jedes Mal bei aufgehender Sonne bräche ein neuer Tag an, worin die zur Quelle führenden Wege somit über Nacht entstandenen Blättern und Ästen überwuchert seien, daß man sie kaum mehr finden könne.

Du könntest nur schnüffelnd und mit Hilfe von Vorstellungen, die Du Dir von der Lage des Dschungels und der Quelle gemacht hattest, die Quelle wiederfinden und Deine Kehle erfrischen. Manchmal führte Dich Deine Suche zu einem anderen Ort, einem anderen Tümpel oder einer anderen Quelle. Am Wasser angekommen, dürftest Du nicht wie die Bisons oder Büffel sofort mit gesenktem Haupt Dein Maul ins Wasser stecken. Erst solltest Du Ausschau nach den Krokodilen halten und dann erst trinken, trinken, trinken. Soviel trinken, daß nicht nur der Durst, sondern auch der Hunger für ein paar Tage gestillt wäre.

Hättest Du Lust nach frischer Luft oder wärest Du traurig, könntest Du später wieder ans Wasser gehen und den schönen Sonnenuntergang beobachten – was Leo als ein edelmütiger Löwe selbst allerdings nicht tun konnte, denn er wollte mit seiner beängstigenden Größe die zum Wassertrinken dorthin gekommenen müden und erschöpften Tiere nicht verscheuchen.

Davon abgesehen hätten auch die geehrten Krokodile genau zu diesem Zeitpunkt ihre Lauerstellung eingenommen, um eine kulinarische, fürstliche Delikatesse zu erbeuten.

In den Augen von Leo war der Dschungel ein magischer Ort, der den Beobachtern des Sonnenaufganges und Unterganges einen solch freien Blick bot, daß man ihn stets prachtvoll, erhaben und kraftspendend erlebte, egal wo man stand.

Mardjan atmete einige Male tief durch. Er versuchte, in den noch verbleibenden Stunden so zu tun, als ginge es ihm nach der Begegnung mit Leo und seinen Erzählungen wesentlich besser. In Wirklichkeit aber ging es ihm gar nicht gut.

Es schien, als wären seine Wunden so tief, daß sie niemals heilen könnten.

Auch Leo fiel es auf.

Dann erzählte Mardjan seinem Artgenossen, wie es zu seinen Verletzungen gekommen und wer dafür verantwortlich war:

„Die Explosionen, die wir zwanzig Tage lang in der Ferne vernommen hatten, kamen immer näher. In dem ausgebrochenen Chaos hatte man den Tieren nichts mehr zu fressen gegeben. Die schwächeren unter ihnen gingen zuerst zugrunde.

Ich war stark und so kräftig gebaut, daß die Menschen Tag für Tag stundenlang vor meinem Käfig Schlange standen, um meine Größe und Stärke zu bewundern.

Aber auch ich konnte am zehnten Tag vor Hunger nichts mehr richtig wahrnehmen.

Die furchterregenden Explosionen und die aus allen möglichen Richtungen zu hörenden Schreie der Menschen hatten die Spatzen und alle anderen Vögel aus der Stadt verjagt. Plötzlich hörte ich das Abfeuern mehrerer Gewehrschüsse aus nächster Nähe.

Ich sah nahe bei meinem Käfig einen bis an die Zähne bewaffneten vollbärtigen Soldaten, der einen langen Stoffstreifen um seinen Kopf gewickelt hatte.

Er zerrte einen Mann und eine Frau gewaltsam und mordgierig in Richtung einer Grünanlage. Zwei verängstigte kleine Kinder, das ältere etwa fünf Jahre und das jüngere zehn bis zwölf Monate alt, folgten ihnen Hand in Hand, stolpernd, hinfallend und krabbelnd. Die armen Leute waren nur fünf Schritte von meinem Käfig entfernt."

Leo war ganz Ohr und atmete leise, als höre er Bobo zu.

Mardjan fuhr fort: „Vor Hunger konnte ich kaum etwas sehen, aber ich erkannte sie sofort. Ja, lieber Leo, ich habe zwar keine Schule besucht, aber ich habe ein gutes Gedächtnis. Die Gesichter der Kinder erkannte ich wieder.

Noch vor kurzem hatten sie vor meinem Käfig gestanden und kamen auffallend nahe heran, näher als alle anderen. Wenn ihre Eltern sie wegziehen wollten, schrie und weinte das jüngere. Wenn sie es losließen, kam es wieder näher, starrte mir in die Augen und lachte.

Kaum hatte ich mich an sie erinnert, feuerte der Soldat mehrere Schüsse ab.

Der Vater und die Mutter sanken blutüberströmt zu Boden. Ihre leblosen Leiber lagen auf dem Rasen. Glücklicherweise hatten die Kinder diese Szene nicht mitbekommen. Denn das jüngere wurde kurz davor auf mich aufmerksam, lief auf den Käfig zu und kam durch die Gitter herein. Seine fünfjährige Schwester folgte ihm.

Als sie den Käfig erreichte, zauderte sie ein wenig, weil sie Angst vor mir hatte, kam aber letztendlich doch durch die Gitter herein, weil sie wie ihr Bruder sehr dünn war.

Ich sollte Dir gestehen, lieber Leo, daß ich keine Sekunde daran gedacht habe, sie zu fressen, obwohl ich seit zehn Tagen nichts zu mir genommen hatte.

Bevor der bärtige Soldat sich umdrehen konnte, um nach ihnen zu suchen, hatte ich sie schon hinter mir versteckt und blickte so böse drein wie nur möglich.

Die Kinder gaben keinen Laut von sich. Ich wartete ab.

Der Soldat, der das Verschwinden der Kinder erst jetzt zu bemerken schien, schaute um sich herum und erblickte den Käfig. Er kam auf den Käfig zu, blieb zwei Schritte davor stehen und bemerkte mich. Obwohl sein verdammtes Gesicht voller Haare war, konnte ich sein dreckiges, hässliches und unmenschliches Grinsen sehen.

Ich werde es nie vergessen, so hat es sich mir eingeprägt.

Noch wußte ich nicht, was geschehen würde. Zwar war mir klar, daß ich es mit einem abscheulichen Verbrecher zu tun hatte, aber ich hielt das Ganze für eine artgenössische Fehde.

Als ein ahnungsloser Käfiglöwe fand ich mich ungeeignet, darüber zu richten.

Denn ich wusste ja nichts – vielleicht hatte der Mann ja die Eltern dieses Soldaten umgebracht.

Aber den Grund für das, was er mit mir gemacht hat, weiß ich bis heute nicht.

Mit seinem dreckigen Grinsen murmelte er etwas, richtete seine Waffe auf mich und war bereit zu schießen. Ich dachte, daß es mein Ende wäre.

Aber leider war das nicht der Fall. Ich machte mir nur Sorgen um die Kinder und betete zu Gott, er möge mir helfen, sie wie ein Schild zu schützen, damit sie gerettet würden. Ich drückte sie behutsam gegen die rückwärtige Gitterwand, damit sie sich nicht bewegten, blickte böse drein und ließ einige Male kräftig mein Gebrüll erklingen, bevor ich mich auf die Reise ins Land des Nichts begab.

Aber der Soldat schien es sich anders überlegt zu haben und senkte seine Waffe.

Ich hörte auf zu brüllen, atmete erleichtert auf und richtete innerlich meinen Dank an Gott. Ich sagte mir: ‚Bestimmt merkt der Soldat, daß er mich mit jemand anderem verwechselt hat. Auch sieht er ein, daß wir bis heute keine Probleme miteinander hatten. Er hält es nicht für nötig, mich zu umzubringen.'

Aber die Explosionsgeräusche und die Schreie der Menschen aus allen Richtungen, der Geruch von Schwefel und das dreckige Lächeln des Soldaten, dem sich nun ein bedeutsamer Blick zugesellt hatte, machten mir noch große Sorgen.

Auf einmal sah ich, wie der Soldat aus seinem Beutel einen kleinen Ball herausholte, der jenen Bällen glich, die die Menschen vor ihre Katzenkinder werfen, ihn in meinen Käfig rollen ließ und dann schnell davonlief.

Ohne zu überlegen und rein instinktiv sprang ich zu dem rollenden Ball, der sich von mir entfernte, und dann boooooooomb!!

Bevor ich die Granate erreichte, explodierte sie. Stahlsplitter drangen in meinen Körper, ich blutete aus Nase, Mund und Augen. Mein ganzer Leib tat weh.

Der Käfig füllte sich mit Rauch und Schwefelgestank. Bevor ich mit blutenden Augen ohnmächtig wurde, sah ich mit meinem letzten Augenlicht etwas, das einem Wunder gleichkam. Leo, ich sah die Kinder. Sie waren unversehrt.

Ich sah, wie die ältere Schwester ihren kleinen Bruder an die Hand nahm, und wie sie zusammen durch ein großes Loch, das die Explosion in die Gitterwand des Käfigs gerissen hatte, hinaus krochen, ganz friedlich und ohne zu begreifen, was vorgefallen war. Glaub mir, Leo, nichts in der Welt ist schöner, als ein unschuldiges Kind zu sein.

Ja, ich habe sie gerettet und bin nun sehr froh, daß dies das letzte Bild ist, das ich mit meinen Augen gesehen und mir eingeprägt habe.

Die Gitterwand des Käfigs war abgerissen, mein alter Wunsch hätte in Erfüllung gehen, ich hätte weglaufen und den grünen Dschungel erreichen können – aber nun hatte ich weder Hände noch Füße."

Leo konnte kaum mehr atmen.

Große Tränen drangen ihm durch die Lider und rollten seine Wangen herab, ohne daß er es merkte. Er hatte selbst viel Schweres erlebt, viel Unglaubliches gehört - aber das, was er gehört hatte, waren nur Geschichten und zum größten Teil, wie die Legende vom siebten Löwenkind, erfunden.

Die Lebensgeschichte von Mardjan aber war pure Wahrheit. Der blinde Löwe, der an Leos Keuchen merkte, daß er weinte, sagte freundlich und zugewandt:

„Ach, ich habe Dich vergrämt. Du weinst bittere Tränen.

Ich bin ein schlechter Gastgeber!

Ja, als ich dann wieder zu mir kam, war ich zwar am Leben, aber invalide.

Sie hatten meinen Käfig repariert.... Als es mir einigermaßen besser ging, tauchten die Reporter und Fotografen auf und berichteten über mein Schicksal.

Die Weltöffentlichkeit ist darüber nur in mageren Worten in Kenntnis gesetzt worden – aber was für eine Hölle all diese Jahre waren, wissen nur diejenigen, die sie mit eigenen Augen gesehen haben."

Als Mardjan von Sehen und Augen sprach, brachen seine alten Wunden wieder auf. Er brüllte in seiner verzweifelten Rage derart laut, daß Leo mit seinem überdimensionalen Körper zwei Meter in die Luft sprang:

„Was hatte ich Dir Böses angetan, Herr Mullah Omar?

Warum befahlst Du Deinen Soldaten, mich umzubringen?

Du warst Dein ganzes Leben lang frei, bist in den Bergen aufgewachsen.

Du Schurke, Du Bandit, was hast Du überhaupt in Deinem Leben gelernt?

Ich bin Analphabet, bin nicht in die Schule gegangen, Du aber bist ein Mullah, ein Gelehrter.... Nein, ein Verbrecher bist Du!"

Als der Name des militärischen Anführers derjenigen fiel, die Mardjan in diese Lage gebracht hatten, erinnerte sich Leo an die vor seiner Abreise erhaltenen Warnungen und Drohungen.

Und bevor er sich verabschiedete, versuchte er,

seinen Artgenossen ein wenig abzulenken und zu besänftigen. Mit seinem bekannten Humor fragte er:

„Und was hat man in all den Jahren, die Du hier verbrachtest, mit Deinem Ding gemacht? Verstehst Du, was ich meine? Dein Ding? Ist es endlich beschnitten?"

Mardjan, der sehr gut verstand, was Leo spaßeshalber meinte, und selbst nichts gegen einen Themenwechsel einzuwenden hatte, erwiderte gut gelaunt:

„Ach, das meinst Du. Das hat man beschnitten, als ich sehr jung war. Allerdings unter Vollnarkose. Als ich zu mir kam, war das Ding nicht mehr an seinem alten Platz."

Und fuhr lachend fort:

„Aber ich kann mit aller Sicherheit sagen, daß es richtig gemacht worden ist, denn beim Wasserlassen und bei diesem krummen Körper spritze ich mich weniger an. Du kannst es mit Deinem eigenen vergleichen, ich sehe sowieso nichts."

Damit schritt er gemächlich auf eine Holzstange zu, die in einem Winkel stand, hob mühsam das Hinterbein und pinkelte ganz ruhig, ohne sich zu schämen – ein instinktives Ritual, mit dem alle Rüden und Dschungellöwen ihr Territorium markieren. Leo, dessen Blase auch voll war, nutzte die Gelegenheit und schloß sich ihm an.

Nachdem sie sich lachend und witzelnd an der Stange erleichtert hatten, sagte Mardjan: „Weißt Du was, Leo? Da die Lage im Land sich ein wenig beruhigt hat, viele in ihre Häuser zurückgekehrt sind, der Zoo wieder in Betrieb genommen worden ist und täglich wieder Menschen mich besuchen kommen

– nicht um einen Löwen zu sehen, sondern einen Kriegsinvaliden – frage ich mich, was aus den beiden Kindern geworden ist, ob sie noch leben oder nicht.

Um die Wahrheit zu sagen, habe ich manchmal das Gefühl, daß eins von den beiden vor dem Käfig steht und mich beobachtet, vielleicht auch beide zusammen.

Und ich frage mich dann, ob sie sich noch an den einst kräftigen und prächtigen Löwen erinnern, der ich mal war."

Leo, der während Mardjans Erzählungen gedanklich mit seinen eigenen Eltern, seiner Kindheit und den bunten Schmetterlingen beschäftigt war, wollte seinem Artgenossen sagen, daß die Kinder sich bestimmt an alles erinnerten.

Aber Mardjan, dessen Kehle erneut zugeschnürt war, ließ es nicht zu.

Er hob den Kopf, starrte Leo mit seinen blinden Augen in die Augen und sprach:

„Du hast mir eine große Freude gemacht, Leo.

Mein Freund, versprichst Du mir, daß Du mich wieder besuchen kommst?

Du mußt versprechen, daß wir uns wieder begegnen werden."

Leo umarmte ihn und versprach, daß sie sich wiedersehen würden.

Und bevor er ging, wurden sie zusammen fotografiert. Die Bilder konnte man am nächsten Tag auf den Titelseiten vieler Zeitungen sehen. In einem Boulevardblatt behauptete ein Journalist in seinem Artikel, er könne anhand von Dokumenten beweisen, daß Leo und Mardjan Geschwister wären.

Allerdings konnte er später keine Dokumente vorlegen.

Kaum hatte sich Leo auf den Weg gemacht, fing der blinde Mardjan aufs Neue an, bitterlich zu weinen. Leo ging, aber die Wunden, die dieser Besuch in seiner Seele hinterlassen hatte, heilten nie.

Wie schon gesagt, erschienen nach dieser Begegnung die ersten weißen Haare deutlich in der prächtigen Mähne des bekanntesten Löwen der Welt.

Er wurde mit der Zeit merklich ruhiger und zurückhaltender.

Und seit seinem Besuch konnte er sich das Weinen nicht mehr abgewöhnen, war, wie man sagt, immer nah am Wasser gebaut. Das war der Grund, warum er manchmal in einem Anfall von Schwermut, ob bei einer Veranstaltung oder einer gastlichen Versammlung, plötzlich verschwand.

Wie Superman, der bei seinen Aktionen eine Telefonzelle aufsuchte, mußte er sich sofort in ein WC verkriechen, die Türe schließen und, ohne wie ein Löwe zu brüllen, heiße stille Tränen vergießen. Und um sein Weinen zu übertönen, mußte er immer wieder hintereinander spülen. Wasser und Tränen sammelten sich mit rauschendem Klang in der Schüssel und wurden dann strudelartig hinunter befördert.

Es schien, als wollte ein unterirdischer Riese von Zeit zu Zeit seinen Durst mit Leos Tränen stillen. Er mußte sich verstecken. Niemand durfte seine Tränen sehen.

Nicht, weil er ein Löwe war und alle behaupten, daß Löwen nicht weinen.

Auch nicht, weil der bekannteste Löwe der Welt aus Eitelkeit nicht wollte, daß man seine Tränen sah. Sondern weil Leo ein ausgezeichnetes Gedächtnis hatte und nicht fähig war, wie die anderen so zu tun, als hätte er weder etwas gehört oder gesehen.

Er konnte einfach nichts vergessen.

Er erinnerte sich sehr gut an die Wunden, Worte und das freundliche Gesicht von Kapitän Kolumbus, der Jahrhunderte lang auf hoher See segelte, um die Insel der Glückseligkeit zu finden:

„Unter uns gesagt: Wenn Du einen Feind erfreust, brichst Du hundert Freunden das Herz."

10

Nun war Leo im wahrsten Sinne des Wortes der bekannteste Löwe der Welt geworden. Alle Erdbewohner, Tiere wie Menschen, kannten ihn und seine wohltätigen Aktionen.

Von den Mäusekindern in der Stadtkanalisation, anständigen Wissenschaftlern im Kernforschungszentrum Koreas, die nichts mit der Außenwelt zu tun hatten, den einsamen erhabenen Hochgebirgsadlern im Himalaya oder auf den vulkanischen Bergen, den hand- und beinlosen afghanischen Kindern, die auf dem Weg zur Schule auf Minen getreten waren, bis hin zu den Gästen glanzvoller Festmähler im hundertzwanzigtausendsten Stockwerk eines Wolkenkratzers – sie alle kannten ihn und bezeichneten ihn als einen wahren Löwen.

In seinem Geburtsort im Herzen Afrikas wurde er wie ein Gott angebetet.

Überall in den Nationalparks und Schutzgebieten wurde seine Statue aufgestellt, die man kunstvoll aus Holz oder Stein angefertigt hatte.

Ein mutiger indischer Affe, der ein ausgezeichneter Astronaut und Computerspezialist war, funkte sogar einmal bei einem freiwilligen Flug mit der Nummer 131313 um unser heißes Zentralgestirn Leos kurze Preisverleihungsrede, die von Freundschaft, friedlichem Zusammenleben, Frieden und Respekt vor allen Lebewesen handelte, in verschiedenen verschlüsselten Lichtsprachen als Botschaft der Erdenbewohner in das unermessliche Weltall hinaus.

Obwohl die Wissenschaftler und Raumfahrtspezialisten den Flug 131313 als eine der erfolgreichsten Entdeckungsreisen bezeichneten, haben meine Nachforschungen ergeben, daß sie eine Reise ohne Wiederkehr war, denn die Wissenschaftler hatten das Raumfahrzeug nicht so programmiert, daß es zur Erde zurückkehren konnte.

Bevor dieses aus einem nur in Meteoriten, nicht auf der Erde vorkommenden Hartmetall gebaute Raumfahrzeug unweit der Sonne verglühte, hatte der mutige Astronaut zuerst Daten und Bilder von der Sonne zur Erde, und dann eigenmächtig und ohne Rücksprache mit der Kontrollzentrale Leos einfache, in fünf Lichtsprachen übersetzte Rede ins Universum gefunkt.

Auch die Wissenschaftler der NASA und der russischen Kontrollzentrale hatten diese Lichtbotschaft, deren Wortlaut vom indischen Affen genial zusammengesetzt war, fünf Mal hintereinander auf ihren Monitoren empfangen. Leo sprach immer mit Bewunderung und Bedauern von diesem Affen und zählte seine waghalsige, eigenmächtige Aktion zu jenen Verdiensten, die die Tiere der Menschheit geleistet hatten, ohne Erwartung einer Gegenleistung.

Der große Ruhm, zu dem Leo wegen seiner Taten zur Erhaltung der Umwelt und des Friedens gelangt war, zwang ihn dazu, an fürstlichen Banketts teilzunehmen, die die Reichen für ihn veranstalteten, um mit ihm anzugeben. Diese prunkvollen Zusammenkünfte fanden meistens auf dem letzten Stockwerk eines Wolkenkratzers statt, aus dessen Fenstern man die Menschen auf den Straßen wie kleine Ameisen sah.

Als freigeistiger Löwe hatte Leo nach der Begegnung mit Mardjan und insbesondere nach dem Karneval der Geister keine große Lust mehr auf solch luxuriöse Gesellschaften, wo alles im Überfluss vorhanden war. Merkwürdigste und teuerste Speisen auf überlangen Tischen, zu deren Zubereitung die modernsten Kochmethoden eingesetzt und die besten Nahrungsmittel der Erde verwendet worden waren, die sich nur die Reichen leisten konnten.

Zum Beispiel gekochte Muscheln, geheimnisvollerweise im letzten Stadium der Perlenbildung. Wollte man beim Essen das kleine Muschelfleisch herausholen, während man dabei das Rauschen der Ozeane vernahm, so kam plötzlich eine große Perle als Geschenk darin zum Vorschein. Oder auch gegrillte Nachtigallen, die sogar auf dem Esstisch zwitscherten und in ihren Gesängen den Gästen einen guten Appetit wünschten.

Bei diesen aufgezwungenen Gastmahlen lernte Leo die verschiedensten Menschen kennen. An manchen Abenden traf er auf die berühmtesten Stars dieser Welt.

Eine bunte, widersprüchliche Mischung aus Kinostars, schönen Tänzerinnen, mit renommierten Literaturpreisen ausgezeichneten Dichtern, reichen arabischen Scheichs, Direktoren von Atomanlagen,

Revolutionären im Ruhestand, großen Waffendealern und Schwarzmarkthändlern, hochrangigen Politikern und Anwälten, entmachteten und reichen Diktatoren vieler Länder, Generälen und Befehlshabern der Armeen, dem letzten Philosophen der Welt, Mineralölunternehmern und sogar gesuchten Straftätern, derentwegen Geheimdienstler auf allen Flughäfen die Reisenden gründlich unter die Lupe nahmen und mit Armeen zwei Länder militärisch besetzten, um sie zu fangen und festzusetzen.

Es ist doch klar, warum diese Kriminellen oder Mafiabosse, wie wir sie aus dem Film „Party" kennen, bei solch vornehmen Anlässen dabei sein wollten. Sie hatten sowohl Herz als auch Geld, Macht, Rolls-Royces und mehrere Meter lange Limousinen.

Davon abgesehen war es eine Vergnügungsmöglichkeit, und all diese verschiedenen Menschen konnten einen Abend lang Abstand von ihren Aufgaben nehmen und sich amüsieren.

Und immer spielten die Viersternegeneräle und die falschen Revolutionäre nach dem Abendessen Poker. Da sie alle superreich waren, war Geld für sie natürlich nur eine Nebensächlichkeit, deshalb spielten sie um Menschenleben. An den Nebentischen saßen die heißblütigen Führer der sozialistischen Parteien und der Gewerkschaften, die mit den Großkapitalisten Martini tranken und zugleich am Entwurf neuer Arbeitsgesetze arbeiteten.

In einer Ecke des Saales sah man Schauspielerinnen, die für eine Filmrolle zwanzig Millionen Dollar kassierten. Man sah, wie sie splitternackt für die Gäste auf den Tischen tanzten oder wie ein Kreisel an einer

Metallstange herumrotierten.

Überflüssig zu sagen, daß das Ganze einem Löwen wie Leo nicht sehr angenehm war, obwohl das Leben ihn gelehrt hatte, daß es überall etwas zu beobachten und zu lernen gibt, etwas, das allein durch ein sehendes Auge und eine suchende Seele wahrgenommen werden kann.

Er saß immer still in einer Ecke, die speziell für ihn und seinen goldenen Käfig vorgesehen war, und beobachtete wie ein Forscher die Anwesenden.

Jeder weiß, daß der Umgang mit einem Riesenlöwen, der fast so groß ist wie ein Personenkraftwagen, nicht unproblematisch ist.

Daher saß er stets ruhig und ungestört in seinem unverschlossenen Käfig.

Allen war klar, daß er niemals mit den anderen an einem Tisch sitzen würde, und daß Löwen ihre Mahlzeit immer allein einnehmen.

Nur bei Königin Elizabeth III hatte Leo eine Ausnahme gemacht, weil er sie für würdig genug erachtete, an einem Tisch mit ihm zu sitzen.

Auch die überall im Saal zu sehenden schönen und entzückenden Frauen, von denen jede irgendwann und irgendwo einmal als Miss World preisgekrönt worden war, störten und belästigten ihn nicht allzu sehr. Leo war ein Frauenmagnet.

Sie alle hegten den Wunsch, ihn zu besitzen, allerdings als Haustier.

Die Schönheiten schauten ihn an und sagten sich:

„Mehr will ich nicht, nur diesen prachtvollen interessanten Löwen mit dem Herzen von Hamlet in seiner Brust. Noch interessanter, daß er hinter Käfiggittern verweilt."

Manchmal sah man diese Schönheiten, wie sie sich um Leos Käfig versammelt hatten. Sie betrachteten ihn neugierig und liebevoll, und stellten Fragen an ihn, die ihn richtig in Verlegenheit brachten.

Sie alle hatten Leos erschütternde Schilderungen der Lebensgeschichte Mardjans gelesen, die er in Menschensprache übersetzt und veröffentlicht hatte.

Nun wollte jede von ihnen, die ein Haustier besaß, daß er zum Beispiel ihren Hund fragte, ob er sich wohler bei ihr fühle oder bei ihrem Exfreund, oder was dem Hund lieber wäre: sollte sie bei ihrem aktuellen Freund bleiben oder zu ihrem Ex zurückkehren?

Diese aufgezwungenen festlichen Mahlzeiten, die nicht vereinbar waren mit der Wesensart eines Löwen, der im Dschungel aufgewachsen war, mit einem so nahen magischen Sternenhimmel, daß man keinen Wolkenkratzer brauchte, um ihn zu berühren, präsentierten sich andererseits doch als sinnvoll.

Sie machten Leo mit zwei geheimnisvollen und merkwürdigen Gestalten bekannt: einer Tänzerin und einem Philosophen.

Die Tänzerin hatte ein hübsches Gesicht. Ihre Augen waren flammend, ihre Stimme, die die schönsten Lieder der Erde sang, bezaubernd. Ihr zierlicher Körper war durchtrainiert und einzigartig.

Sie war die beliebteste Künstlerin von Orient und Okzident. Menschen reisten von überall her an, um ihre Auftritte zu sehen.

Die Wüstenbewohner kamen auf ihren Kamelen,

die Hochländer auf ihren Eseln und die Bewohner verschollener Inseln auf ihren Booten, um ihren Tanz zu sehen, der den Menschen ein Gefühl der Verzauberung gab, und ihre Stimme zu hören, die man nach nur einmaligem Zuhören nicht mehr aus dem Kopf bekam.

Allerdings hatten ihr Körper und ihre angeborenen Talente aus dieser Schönheit die mächtigste Frau der Welt gemacht. Mehrere große Inseln mit besten klimatischen Bedingungen waren in ihrem Besitz. Überflüssig zu sagen, daß auch ihr solche Habseligkeiten euer eigen nennen könntet, wenn allein der Verkauf eurer CDs euch hundert Millionen Dollar jährlich einbrächte.

Diese Tänzerin, die bei Leos Veranstaltung, als die Königin ihren Kopf in sein Maul gesteckt hatte, ebenfalls aufgetreten war – wobei viele im Publikum auch ihretwegen gekommen waren – gab dem Löwen von Anfang an ein beängstigendes Gefühl.

Trotz des furchtlosen und abenteuerlustigen Herzens in seiner Brust konnte er jenes undefinierbare Angstgefühl, das diese Frau in ihm entfachte, nicht ignorieren.

Auch Tina Hamilton fiel es auf.

Eines Abends, als sich wie immer hübsche Frauen um ihn versammelt hatten und von jenseits der Gitter mit ihm sprachen, vernahm er aus nächster Nähe einen so furchterregenden Laut, als hätte eine Königskobra gezischt.

Die Frauen liefen kreischend und schreiend in alle Richtungen davon.

Es wurde menschenleer um den Käfig. Dann sah

Leo das schönste Wesen, das Gott je erschaffen hatte: eine fein gebaute Tänzerin stand vor seinem Käfig und starrte ihn mit wunderschönem, aber äußerst geheimnisvollem Blick an.

Leo war wie paralysiert.

Bevor er zu sich fand, und überhaupt bevor er als ein prächtiger, sprechender, voluminöser und waghalsiger Löwe etwas unternehmen konnte, was beweisen würde, daß er noch am Leben sei, näherte die Tänzerin sich ihm, steckte ihre zierliche Hand durch die Gitter und zwickte ihn heftig in die Seite.

Dann, leise und unauffällig, aber mit atemberaubender Stimme und einem überirdischem Humor sagte sie zum sprachlosen Löwen:

„Wehe, wenn ich Dich allein erwische!"

Dann ließ sie aus ihrem wohlgeformten Mund einen anhaltenden Ton wie ein Katzenschnurren erklingen, lachte laut und verließ graziös einherschreitend den Saal.

Leo, den der Blick der Königskobra in eine reglose Statue verwandelt hatte, blieb vor den neugierigen Augen der Anwesenden allein zurück, während er ein angenehmes Gefühl in der Flanke verspürte.

Ja, dieser eine Kniff, dieser einzige Satz, und jene unbeschreiblichen Blicke, die die Tänzerin ihm im Laufe des gemeinsamen Auftritts in London zugeworfen hatte, jagten dem abenteuerlustigen Löwen mehr Furcht ein als die hungrigen Krokodile und die Waffen der Forschungsgruppe von Frau Hamilton.

Ein weiteres Problem war, daß er nicht wußte, was sie mit ihrem einzigen Satz und ihren beängstigenden, graziösen Bewegungen im Schilde führte.

Wollte sie ihn umbringen, verschlingen oder was sonst hatte sie mit ihm vor?

Nun war er derart verängstigt, daß er vor Orten, wo er ihr allein begegnen könnte, zurückschrak.

Allerdings hatte er seit seinem Eintritt in die Menschenwelt ihre außergewöhnlichen Darbietungen gehört und gesehen, bezeichnete sich seitdem als ihren hartnäckigen Anhänger, und stufte ihre Stimme und Bewegungen als himmlisch ein.

Einige Zeit später veröffentlichte ein umstrittener Fotograf, der die Berühmtheiten heimlich fotografierte und den man Paparazzo nannte, ein skandalöses Foto in einer Boulevardzeitung, auf dem Leo zusammen mit der Tänzerin zu sehen war.

Allerdings hatte er das Foto nicht kommentiert, nur darunter geschrieben: „Kommentarlos".

Ich muß gestehen, daß es einem prächtigen Gemälde eines Großmeisters glich – manche hielten es für echt, andere für unecht, aber den Löwen versetzte es mehr als jeden anderen in Erstaunen und zugleich in einen Zustand der Angst.

Man konnte deutlich erkennen, daß Leo soeben aus dem Badezimmer kam, denn er hatte ein weißes Handtuch um die Hüften geschlungen. Im Hintergrund sah man schattenhaft die Konturen einer wunderschönen Frau, die mit ihrem tadellosen Körper wie eine Tänzerin aussah.

Sie hatte sich hinter einer durchscheinenden Wand versteckt und ihren lustvollen Blick an ihren Geliebten geheftet. Leo, Tina und die Tänzerin nahmen dazu wie immer keine Stellung. Einige meinten, das

Foto sei eine Fälschung.

Andere sagten, die Frau darauf könne Frau Hamilton oder jede beliebige Frau sein. Aber Frau Hamilton wußte besser als alle anderen, daß die Frau auf dem Foto nicht sie war.

Das verängstigte Gesicht Leos in Anbetracht dieses Fotos sorgte dafür, daß Frau Hamilton Verdacht schöpfte, denn er sah so aus, als stünde er unter Schock, weil sein Geheimnis für alle aufgeflogen wäre. Aber Frau Hamiltons Verdacht war unbegründet. In Wahrheit war Leo nur deshalb schockiert, weil er einfach nicht begriff, wie eine Tänzerin hinter ihm stehen könnte, ohne daß er sie mit seiner starken Löwennase wahrnähme. Nur schon der Gedanke, daß er sich allein mit der Tänzerin in einem Zimmer aufhalten könnte, löste bei ihm Gänsehaut aus.

Doch trotzdem durchströmte dieses beängstigende Gefühl, das irgendwie mit Neugierde verwandt war, seinen ganzen Körper.

Das den Sonneneruptionen ähnelnde Pochen seines großen Herzens schien unbändig geworden zu sein. Man könnte es interpretieren, wie man wolle.

Leo hatte keinen Zweifel daran, daß die schöne Frau auf dem Foto die Tänzerin war. Aber die Miene dieser schönen Frau glich keineswegs jenem mutigen und triumphierenden Gesicht, oder besser gesagt jener Maske, die die Tänzerin immer bei ihren Darbietungen trug.

Im Gegenteil, auf dem Foto glich sie einer verliebten Frau, die ruhig und ungestört die kleinste Bewegung ihres Geliebten, den das Schicksal nicht für sie vorherbestimmt hat, leidenschaftlich und sehnsuchtsvoll betrachtet.

Leo versteckte das Foto in einem sicheren Winkel seines Käfigs, obwohl er in Wirklichkeit nichts getan hatte, wofür er sich schämen mußte.

Manchmal jedoch, wenn er ungestört dieses Foto betrachtete, schüttelte er den Kopf und sagte zu sich:

„Es kann sein, daß Du es geschafft hast, die Menschensprache zu lernen – aber um die Sprache der Frauen zu lernen, mußt Du noch sieben Mal zur Welt kommen.

Und jedes Mal müssen Lehrer und Lehrerinnen wie Bobo, Schwester Martinez und Peter Papahn Deinen Weg kreuzen!"

11

Die Bekanntschaft mit Markus von Müllhausen - einem halbverrückten, deutschen Philosophen, von dem gesagt wurde, daß er auf verschiedenen Gebieten wie Astronomie, Kunst, Naturwissenschaften und Geschichte über einen so hohen Bildungsgrad verfüge, daß niemand ihm das Wasser reichen könne - machte Leo bei einem erneut aufgezwungenen Abendgastmahl.

Tina Hamilton hatte den Löwen schon früher über die Ansichten dieses Philosophen zum Thema *Individualismus oder der Gipfel individueller Identität des heutigen Menschen im gesellschaftlichen Leben* aufgeklärt.

Da dieser Denker die Geschichtsschreibung für verfälscht und manipuliert hielt, hatte er sich der Kunst vergangener Zeiten gewidmet.

Er untersuchte historische Bauten, antike Schalen, Krüge, Plastiken und Skulpturen, zog seine Schlußfolgerungen und nutzte sie als zuverlässige, nachweisbare Dokumente in seinen Argumentationen, sowie für seine Thesen und Schriften in Bezug auf sozialwissenschaftliche Themen.

Frau Hamilton machte Leo irgendwann bei einem Abendessen auf diesen Philosophen aufmerksam, dessen Erscheinungsbild nicht seltsamer und bizarrer hätte sein können, und sagte lächelnd:

„Leo, dieser Mann ist derjenige Philosoph, von dem ich Dir mal erzählte.

Lass Dich von seinem Aussehen und Benehmen nicht irreführen.

Ich Närrin ließ einmal meine Mutter allein und reiste in ein fernes Bundesland, um an seinen Vorlesungen teilzunehmen. Damals ging es ihm besser als heute, aber er dürfte immer noch an der Universität unterrichten.

Er machte mir gleich nach zwei Wochen einen Heiratsantrag."

Dann fügte sie noch hinzu, daß niemand davon was wisse, und bat Leo, diese Geschichte für sich zu behalten. Daraufhin wies sie auf die anwesenden Gäste und fuhr ungestüm fort:

„Von seinem seltsamen Benehmen einmal abgesehen, kann ich Dir sagen, dass ich ihn mehr respektiere als alle anderen, die Du hier siehst."

An einem anderen Abend saß der eigenartige Philosoph seit einer Stunde im Schneidersitz auf dem Boden vor Leos Käfig und meditierte.

Die Gäste an ihren Tischen zeigten schelmisch auf ihn und belächelten ihn. Leo, den die Frauen diesmal in Ruhe gelassen hatten, schaute auf die Gäste, während er den Philosophen ebenfalls im Auge behielt.

Plötzlich wurde er auf einen sehr bekannten, begabten und gut aussehenden Schauspieler aufmerksam, den er neulich in einem poetischen Film gesehen hatte, in welchem er die Technik des Schwertkampfes höchst ästhetisch und geschickt demonstrierte, allein und nur mit seinem Schwert gegen automatische Schusswaffen kämpfte und wie ein wahrer Held seine Freunde verteidigte.

Am Schluß des Films gelang es ihm zu beweisen, daß die Regierung und die Soldaten seines Landes, die erst die Indianer ausrotteten und dann die Atombombe über Hiroshima abwarfen, später alles bereuten und sogar dafür sorgten, daß Japan eine Wiederauferstehung erlebte.

Indem sie selber zu Samurais wurden, retteten sie die bedrohte Ehre dieser Krieger vollständig. Die roten Wangen des Schauspielers verrieten, daß er an diesem Abend viel getrunken hatte. Er begab sich auf den Weg zur Toilette….

In diesem Augenblick bemerkte Leo, daß der halbwahnsinnige Philosoph, der während seiner Meditation manchmal einen schüchternen Blick auf ihn geworfen hatte, nach einer einstündigen Starre seine Glieder streckte, sich vom Boden erhob und, das Gelächter der Anwesenden ignorierend, auf ihn zuschritt:

„Ich kenne Sie. Auch den gut aussehenden Mann kenne ich, den sie die ganze Zeit leidenschaftlich betrachteten."

Er meinte den Schauspieler.

Nachdem er das gesagt hatte, schaute er auf einmal Leo direkt in die Augen und brach dann in ein hysterisches, dem Pferdewiehern ähnliches Lachen aus, als wäre sein eben gesprochener Satz ungeheuer wichtig und sinnvoll.

Dann hörte er urplötzlich auf. So, als habe er sich auf etwas besonnen, das ihn sehr grämte, oder als habe Schüchternheit sich seiner bemächtigt. In diesem Zustand sagte er hastig: „Ich muß gehen. Es war mir ein Vergnügen." Und er ging.

Leo kam bei dieser ersten Begegnung nicht dazu, ein einziges Wort zu sprechen.

Aber er schaffte es, das Gesicht des Philosophen aus nächster Nähe zu betrachten.

Er sah sogar eine seltsame Angst in seinen Augen und prägte sie sich ein.

Eine Angst, die bei einem kleinen und wehrlosen Tier zu beobachten ist, welches zutiefst begriffen hat, was für ein gefährlicher Ort diese Welt ist, so gefährlich, daß sogar das Rauschen des Windes in den Blättern seine panische Flucht auslöst.

Der Philosoph tauchte beim nächsten Abendessen wieder auf, kam verlegen vor Leos Käfig und sagte unvermittelt:

„Ich hoffe, Dich letztes Mal nicht verstimmt zu haben."

Er brach wie letztes Mal in ein lang gezogenes Wiehern aus und war wieder im Begriff, sich zu verdrücken. Leo hingegen, wissensdurstig wie immer, mochte ihn diesmal nicht so einfach ziehen lassen.

Er wollte unbedingt mit ihm ins Gespräch kommen. Daher zögerte er nicht mehr. Bevor das Lachen zu Ende war, sprach er ihn an:

„Ich kenne Sie auch. Meine Freundin, Frau Professorin Hamilton, die eine Studentin von Ihnen war, hat mir von Ihnen und Ihren Ansichten erzählt."

Als der Name Hamilton fiel, verengte der Philosoph seine Augen zu schmalen Schlitzen und sagte: „Ach, wirklich? Aber ich kann mich nicht an sie erinnern.

Wissen Sie, wenn ich eine Vorlesung halte, achte

ich prinzipiell nicht auf die Gesichter meiner Studenten."

Und dann lachte er wieder so hysterisch, daß einige Gäste in der Nähe sich nach ihm umdrehten, was ihn erneut aus der Fassung brachte:

„Ich muß gehen. Ich habe eine Verabredung. Es war mir ein großes Vergnügen."

Der schlaue Leo kam ihm zuvor und fragte sofort:

„Den Sport, den Sie letztes Mal trieben, fand ich sehr interessant. Wie Sie sehen, habe ich in diesem engen Käfig keine großen Bewegungsmöglichkeiten und würde daher gern Ihren Sport ausüben."

Leos Kunstgriff glückte.

Der Philosoph, aufgehalten, erwiderte: „Dieser Sport heißt Yoga. Und wie Sie richtig bemerkt haben, können Sie diesen nützlichen Sport genauso gut in Ihrem Käfig ausüben wie ich ihn in meinem Käfig ausübe."

Leo lächelte einsichtig. Der Philosoph brach erneut in sein merkwürdiges schallendes Gelächter aus, so, als stünde dahinter große Bedeutung, dann zeigte er auf den Saal und sagte: „Dieser Sport stammt aus dem Morgenland.

Die morgenländischen Schöpfungen aus ferner Vergangenheit, seien es Schriften, Skulpturen und andere Kunstwerke, waren mir immer eine Quelle der Inspiration und Bewunderung. Unter den Morgenländern haben mich stets drei archaische Kulturen besonders fasziniert: die ägyptische, die indische und die persische.

Wenn Sie die künstlerischen Erzeugnisse altägyptischer Blütezeit betrachten, fällt Ihnen, besonders in der Malerei, Reliefkunst und Plastik, etwas auf:

Alle dargestellten Menschen haben große Augen.

Sie werden der Tatsache gewahr, daß die Altägypter den Augen und dem Sehen einen immensen Wert beimaßen. Und das bedeutet, daß sie uns damit sagen wollten: Betrachtet die Welt mit weit geöffneten Augen!"

Obwohl Leo die Worte des schüchternen Philosophen sehr interessant fand, freute er sich doch noch mehr darüber, daß er ihn endlich in die Falle gelockt hatte.

Er warf ihm einen schnellen Blick zu, etwa eine Sekunde lang.

Denn er befürchtete, er liefe wieder laut wiehernd davon. Der Philosoph aber wirkte beherrscht. Auch von seinem Blick konnte man ablesen, daß er nicht mehr wie ein erschrockenes Tier fluchtbereit war. Im Gegenteil.

Er schien Gefallen am Gespräch gefunden zu haben und in Fahrt gekommen zu sein. Der Lehrer in ihm war aufgewacht:

„Die zweite morgenländische Hochkultur, von der ich sprechen möchte, ist die altindische, in der Yoga entstanden ist.

Wenn Sie die Buddha-Gemälde und -Statuen, die es noch gibt, genau betrachten, werden Sie sehen, daß sie trotz unterschiedlicher Darstellungen alle ausnahmslos etwas miteinander gemeinsam haben, nämlich die sehr großen Ohren von Buddha. Was hat das zu bedeuten?"

Leo, der seit seiner Kindheit und der heimlichen

Teilnahme am Unterricht von Schwester Martinez darunter gelitten hatte, daß er niemals in den Genuß gekommen war, an einer Schultafel die Fragen des Lehrers zu beantworten, hob unwillkürlich die Pfote.

Der Philosoph seinerseits hob mit unnatürlicher Ruhe seinen Kopf und sagte in einer unerwarteten, ungewöhnlichen Weise, zu der nur die Wahnsinnigen fähig sind:

Sie nicht! Nein, Sie auch nicht! Der Herr, ich meine, der Löwe in der vierten Reihe! Bitte beantworten Sie die Frage. Die Künstler, die wahrscheinlich auf ihr Abendessen verzichteten, um derart große Ohren zu schaffen, haben bestimmt einen Grund dafür gehabt!"

Und er wartete auf Leos Antwort. Leo seinerseits senkte freudig die Pfote und antwortete, ohne auf die mehrdeutigen Blicke der Gäste zu achten, wie ein braver Schüler, der gerade seinem Lieblings-Schulfach beiwohnt:

„Das bedeutet, daß Buddha großen Wert aufs Zuhören legt.

Er sagt uns damit: ‚Hört genau zu, auf daß ihr Stimmen wahrnehmen könnt, die nur scharfe Ohren zu erlauschen vermögen.

Glaubt nicht, daß das Zuhören etwas Leichtes ist. Ihr sollt geduldig sein wie die Elefanten, eure Ohren schulen und sie in der Breite vergrößern."

Die Art und Weise, wie Leo seine Frage beantwortete, bereitete dem Philosophen derart große Freude, daß man glauben könnte, er hätte Jahre lang nur Idioten unterrichtet, die seine Worte nicht verstanden.

Beinahe wäre er wieder in sein wieherndes Lachen ausgebrochen, aber Leo kam ihm zuvor:

„Aber was gefällt Ihnen an der dritten archaischen Hochkultur? Ich meine, an der alten persischen Kultur?"

Markus von Müllhausen, der halbverrückte deutsche Philosoph, hatte bis dahin auf sein nervenaufreibendes Gejohle verzichtet. Aber sobald Leo diese Frage stellte, brach er in noch stürmischeres Gelächter aus und wieherte so laut, als hätte er den lustigsten Witz seines Lebens gehört.

Den Löwen überkam in diesem Moment ein Gefühl von Angst, als wäre er in einem von Unwettern heimgesuchten Dschungel allein und ohne Regenschutzdach.

Warum sieht er ausgerechnet ihn so schief an?

Laut lachend näherte sich der Philosoph dem Käfig. Er versuchte, dieses Lachen, das ein Anzeichen einer Nervenerschütterung war, zu unterdrücken, um überhaupt sprechen zu können:

„Die Perser, auch Iraner genannt…. Na, wissen Sie, als Persischstämmiger Philosoph, der sein ganzes Leben nur geredet hat, kann ich Ihnen sagen, daß die Perser nur große Mäuler haben."

Und brach wieder in sein Wiehern aus. Der Löwe, überrascht vom Humor und der Selbstironie des Philosophen, fing ebenfalls an, laut zu lachen.

Beide lachten und lachten. Der Philosoph, dessen Gesichtsfarbe wegen Sauerstoffmangels langsam ins bläuliche überging, wäre an seinem Lachen beinahe erstickt. Dann geschah etwas Unangenehmes, mit dem Leo zwar fast gerechnet, was er aber wieder vergessen hatte - nachdem sie zu Ende gelacht und gewiehert hatten, schäumte der arme Philosoph aus dem Mund, sank mit saphirblauen Gesicht zu Boden und bewegte sich nicht mehr.

Alle fielen augenblicklich in eine Schockstarre. Blitzschnell kam ein Krankenwagen und brachte den ohnmächtigen Philosophen ins Krankenhaus.

Leo erkundigte sich täglich nach dem Gesundheitszustand des Philosophen, und als er erfuhr, daß er seinen Anfall überlebt hatte, dankte er Gott dafür.

Jedes Mal, wenn er mit sich allein war, dachte er an Markus von Müllhausen, der nun im Krankenhaus intensivmedizinisch behandelt wurde.

Er vergegenwärtigte sich seine Worte, seine Kleidung und sein nervenaufreibendes Gelächter. Dann lächelte er und sagte zu sich:

„Sollte ich noch einmal Kapitän Kolumbus begegnen, würde ich ihm zuerst die Salz- und Brotsäcke überreichen und dann verkünden, daß ich für ihn einen neuen Passagier gefunden habe. Ja, dieser Philosoph mit diesen Ansichten und diesem Aussehen ist dazu bestimmt, sich Kolumbus und seiner Schiffsbesatzung anzuschließen, um gemeinsam mit ihnen nach der Insel der Glückseligkeit zu suchen.

Er würde zweifelsohne einen Platz auf diesem Geisterschiff finden."

Leo, ständig auf der Suche nach einem neuen Freund und mit noch vielen Fragen im Kopf, deren Beantwortung durch den Philosophen er sich erhofft hatte, versprach sich nach jenem peinlichen Vorfall, den unberechenbaren Mann das nächste Mal, sollte er ihm je wieder begegnen, nicht mehr an der Verabschiedung zu hindern.

Allerdings dürfen wir etwas Wichtiges nicht vergessen - seit dem Verlassen seines Geburtsortes in Afrika war eine lange Zeit vergangen.

Er hatte Sehnsucht nach dem Dschungel und ganz besonders nach seinem lieben, gut aussehenden und gehörnten Freund Bobo, den er auf seinen Besuchen in mehreren Teilen Afrikas nicht finden konnte.

Er hätte ihm so viel zu erzählen gehabt. Bobo hatte ihm bei der Erfüllung seiner Wünsche sehr geholfen. Sogar der Friedenspreis der Erde, die Begegnungen mit den Geistern von Kolumbus, Galilei, Shakespeare waren einzig und allein ihm zu verdanken, wie noch vieles andere auch.

Aber Leo fühlte sich in letzter Zeit etwas müde und lustlos.

Darüber hinaus fühlte er sich trotz des Beistands von Frau Hamilton und anderen Freunden zutiefst verlassen und vereinsamt.

Er empfand sich als Fremdling und hatte Heimweh. Auch das Weinen und ständige Spülen auf der Toilette halfen ihm nicht mehr.

Um seinen seelischen Zustand richtig zu verstehen, sollten wir uns in seine Lage hineinversetzen. Was hatten alle seine Erfolge und Errungenschaften ihm persönlich eingebracht? Nichts, außer einem Leben hinter den Gittern eines Käfigs.

Das arme Tier, dieser schöne Löwe, den man als das freieste Wesen der Welt bezeichnet, hatte über Jahre, seit seinem Eintritt in die Welt der Menschen, sämtliche Tage und Nächte hinter Gittern verbracht.

Auch heute, fern von seiner grünen Heimat, und obwohl er in einer Großstadt war und seine Lebensgeschichte die ganze Welt erobert hatte, lebte er im Vergleich zu den sich frei hin und her bewegenden Menschen keineswegs wie ein freies Geschöpf.

Das gleiche alte Zauberwerk, das ihn in seiner Kindheit dazu verdammt hatte, heimlich am Unterricht teilzunehmen, setzte sich auch jetzt mit unverminderter Wirkung fort. Während der ganzen vergangenen Jahre durfte er nicht ein einziges Mal allein auf die Straße und ein wenig spazieren gehen.

Wenn man ihm sagte, er solle das Maul aufmachen, tat er es.

Sagte man, er solle es nicht zumachen, machte er es nicht zu.

Befahl man ihm, am Tisch Platz zu nehmen, eine Serviette um den Hals zu binden und sein saftiges Steak wie ein braves Kind mit Gabel und Messer zu essen, gehorchte er trotz seiner majestätischen Größe und seines prächtigen Aussehens ohne Widerrede.

Manchmal sollte er die Menschensprache sprechen oder ein Liebesgedicht rezitieren, was er auch tat. Zu dieser lästigen Lage und jenen langweiligen Tagen kamen dann die aufgezwungenen abendlichen Gastmähler hinzu.

Dank seiner Klugheit - die ihn einst, nach dem Hören der Geschichte von Salomon, auf die Idee gebracht hatte, die Menschensprache zu lernen - zog er letztlich den Schluß, daß er seine Freundschaft mit dem gelehrten und kenntnisreichen Philosophen zu seiner eigenen Bereicherung vertiefen sollte.

Darum wäre es wohl angebracht, wenn er bei den nächsten Begegnungen weniger reden und mehr zuhören würde.

Zwei Wochen später kam es bei einem Abendessen erneut zu einem Treffen.

Der Philosoph sah so aus, als wäre er gerade von den Toten wiederauferstanden.

Die Gäste - sonst routiniert genug, um jeden Störfall beim Zeitvertreib zu ignorieren, sogar ein Verbrechen - konnten sich vor lauter Bestürzung Ausrufe des Erstaunens nicht verkneifen.

Die Kartenspieler unterbrachen ihr Spiel, die Tänzer ihren Tanz und die Trinker hielten ihre Gläser, ohne daraus zu trinken, in der Luft.

Der Philosoph hatte schwarze Ringe um die Augen, und die Hälfte seines Gesichts war von jenem Sturz saphirblau. Auch zwei Zähne hatte er verloren.

Er schritt mit triumphierendem Lächeln, das nicht zu seinem Gesamteindruck passte, ruhig durch die vor lauter Schreck zur Seite springende Menge auf Leos Käfig zu.

Die handlungsunfähigen Gäste bedachte er mit flüchtigen Blicken und ging kopfnickend an ihren Tischen vorbei – so, als zeige ein Admiral den Überlebenden der Besatzung seines von einem starken Sturm heimgesuchten Schiffes sein Mitgefühl.

Sobald Leo den dem Grab entstiegenen Philosophen erblickte, der sich ihm mit jenem triumphierenden und unechten Lächeln näherte, dachte er:

„Gott bewahre! Nur ein Wahnsinniger hat mir noch gefehlt!

Alles kommt anders, als ich dachte.“

Dann revidierte er seine vor kurzem getroffene Entscheidung in Bezug auf die Vertiefung seiner Freundschaft mit dem Philosophen, was man als unfair bezeichnen kann, und fuhr in Gedanken fort:

„Wie ich schon vermutet habe - dieser Herr ist nur dafür geschaffen, ein Passagier des Kolumbusschiffes zu sein!"

Dann besann er sich auf die gefühlsarmen Mienen der Fische, die er im Aquarium oder im Fernsehen gesehen hatte, und legte sich den kältesten, seelenlosesten Gesichtsausdruck zu.

Der Philosoph aber setzte den fragenden Blicken der Gäste und Leos Ängsten ein Ende, stellte sich neben den Käfig des Löwen und begann, freundlich mit ihm zu reden. Er war so überaus freundlich, daß Leo sich zutiefst dafür schämte, ihn in Gedanken unfair behandelt und seine Entscheidung geändert zu haben.

Die merkwürdige Welt der Menschen war dem Löwen sowohl in seiner Kindheit, in welcher er sich durch die Erzählungen von Bobo und anderen damit befasste, als auch später, wo er sie jahrelang am eigenen Leibe erfuhr, stets eine Quelle der Verwunderung und Ehrfurcht.

Der Philosoph deckte an diesem Abend seine Karten auf. Leo erfuhr, daß der arme und sehr einsame Gelehrte ebenfalls, wie er, eine Vertiefung ihrer Freundschaft anstrebte.

Nur war es nicht klar, warum er sich bei ihrer letzten Begegnung als ein Persischstämmiger vorgestellt hatte.

Der halbwahnsinnige Denker und Leo unterhielten sich lange an diesem Abend.

Leider kann ich einen Teil ihrer Unterredung, der von gemeinsamen Geheimnissen handelte, hier nicht wiedergeben.

Aber der Philosoph erzählte ihm unter anderem, daß er nur seinetwegen gekommen war, sonst sei er unter keinen Umständen bereit, daß die Geier ihn in dieser Verfassung sähen. Als er „Verfassung" sagte, zeigte er auf die saphirblauen Flecken in seinem Gesicht und die zwei Lücken in seinem Mund. Und als er „Geier" sagte, auf die Gäste.

Er sagte auch, daß er ihn angelogen habe, als er behauptete, sich nicht an Frau Hamilton erinnern zu können.

Im Gegenteil, er bekäme noch immer Herzrasen, wenn er nach so vielen Jahren bloß ihren Namen höre. Er vertraute ihm an, daß sie die einzige Frau in seinem Leben sei, der er einen Heiratsantrag gemacht hätte.

Und fügte hinzu, daß Leo sich glücklich schätzen könne, Frau Hamilton neben sich zu haben. Auch merkte er an, wie sehr er Leo darum beneide, kein Mensch, sondern ein Löwe zu sein. Denn nichts im Leben wäre trauriger, als ein Philosoph zu sein.

Zur Begründung dieser Behauptung verwies er auf die Lebensgeschichten seiner philosophischen Vorfahren wie Sokrates, Dionysos, Schopenhauer, Nietzsche, Marx, Kant und Hegel. Dann sprach er über seine wahre Identität:

„Laut Geburtsurkunde bin ich ein Deutscher, der die Ehre hatte, im Land der Denker zur Welt gekommen zu sein. Aber mein Großvater war ein Mineningenieur aus Persien, der vor etwa hundert Jahren wegen seiner liberalen Ansichten und der Teilnahme an einem Aufstand, der zur Gründung einer kleinen Republik im Norden Persiens führte, die jedoch später gewaltsam aufgelöst wurde, das Land fluchtartig verlassen mußte.

Er kam dann über Russland nach Deutschland und lernte dort meine Großmutter kennen, die er später heiratete – nach einer abenteuerlichen, Aufsehen erregenden Liebesgeschichte, die hundert Jahre später noch immer als spannendste Geschichte unserer Familie erzählt wird.

Dann kam meine Mutter zur Welt.

Sie war noch nicht drei Jahre alt, als ihr Vater, also mein Großvater, wegen eines Regierungswechsels und einer damit verbundenen Begnadigung der politischen Aktivisten in seine Heimat zurückkehren konnte.

Nach einer Weile folgte auch seine Familie nach und schloss sich ihm an.

Aus bis heute ungeklärten Gründen wurde mein armer Großvater verhaftet und hingerichtet. Das einzige, was von ihm noch übrig geblieben ist, ist ein bisschen Blut in meinen Adern, ein unbekanntes Grab und ein kleiner Perserteppich, den ich geerbt habe."

Die hochwürdigen Gäste an den Nebentischen hatten die beiden längst vergessen. Leo starrte ganz gebannt und mit ruhiger Miene in das demolierte Gesicht des Philosophen. Sein Plan war aufgegangen. Er hatte alles unter Kontrolle.

Er hatte nichts gesagt und nur ihn reden lassen. Deshalb war er sehr froh.

Nur hatte er ein extrem trockenes Maul, nach allem, was er über Philosophie und die Lebensgeschichte seines Freundes vernommen hatte.

Das fiel dem Philosophen, den man als den letzten Denker der Welt bezeichnete, sofort auf. Er sagte ungeduldig und wie ein echter Kamerad:

„Ach was! Warum sehen Sie denn so aus? Wieso ist Ihr Maul auf einmal so trocken? Warten Sie eine Minute hier, ich komme gleich zurück, bitte nicht weglaufen."

Leo kam nur dazu, anzumerken, daß er als Käfiglöwe nicht weglaufen könne. Und während er seinem neuen Freund hinterher schaute, sagte er zu sich:

„Aha, das ist also die neueste Methode des Wahnsinnigwerdens.

Ab heute sagt der Philosoph nicht, wenn er abhauen möchte: ‚Ich habe eine Verabredung und muß leider gehen.' Er sagt: ‚Ich komme gleich, bitte nicht weglaufen.'"

Und mit trockenem Maul, sich an die Worte des Philosophen erinnernd, fuhr er in Gedanken fort: „Das ist dann also die Philosophie, von der ich so oft hörte.

Welch bittere Wissenschaft! Das, was Schwester Martinez unterrichtete, die Belehrungen von Peter Papahn und Bobos wundersame Geschichten sind zuckersüß im Vergleich zu diesen gallenbitteren Lehren!"

Leo war noch mit solchen Gedanken beschäftigt, als er plötzlich den aus irgendeinem Winkel auftauchenden heiteren Philosophen wieder vor sich sah.

Er trug voller Begeisterung, die man einem alten Mann gar nicht zutraute, zwei völlig ungleiche Waffelhörnchen in den Händen, wie sie Leo bis dahin noch nicht gesehen hatte. Sie enthielten etwas Milchiges.

Er näherte sich Leo und sagte etwas verspielt und lächelnd:

„Bravo! Ich wußte, daß Du auf mich warten würdest."

Zum ersten Mal duzte er ihn.

Er stellte die mitgebrachten Sachen auf den vor Leos Käfig stehenden Tisch und war wieder im Begriff, sich zu entfernen. Leo schaute ihn mit fragenden Blicken an. Markus merkte es und antwortete:

„Ich bin fast fertig. Bin im Nu wieder zurück."

Und bewegte sich mühsam auf den nächsten großen Tisch zu, der gegenüber von Leos Käfig stand. Zufälligerweise saß der bekannte Schauspieler, über den Markus das letzte Mal einige Worte verloren hatte, zusammen mit seinen Freunden dort und trank. An dem Tisch angelangt, machte der Philosoph von den Vorteilen des Wahnsinnigseins richtig Gebrauch.

In aller Unhöflichkeit stürzte er sich auf einen leeren Stuhl und zog ihn ruppig unter dem Tisch hervor. Der Schauspieler war wie vom Donner gerührt. Mit verstellter Stimme sagte der Philosoph zu ihm:

„Ich darf diesen Stuhl benutzen."

Und fügte, während er sich entfernte, hinzu:„Meine Damen und Herren, ich wünsche Ihnen einen schönen Abend."

Der Philosoph stellte den Stuhl neben Leos Käfig, so daß sie beide einen gemeinsamen Ausblick haben konnten. Dann zeigte er auf die Waffeln, die er vorhin auf den Tisch gestellt hatte, und sagte wie ein Freund, der seinen Kameraden lange hat warten lassen, mit nettem Ton zu Leo, der komplett vor den Kopf gestoßen zu sein schien:

„Du meine Güte, die sind schon fast geschmolzen. Worauf wartest Du denn?

Warum hast du Deines noch nicht gegessen?

Deine Kehle muß ja ganz ausgetrocknet sein."

Er nahm seine eigene Portion und fing an, sie genüsslich und begierig zu lecken, während er Leo die andere Portion überreichte: „Nimm und iss!"

Leo wollte sagen, daß er nicht alles äße, sondern sich nur von einem bestimmten Konglomerat ernährte. Er kämpfte um Worte: „Weißt du was....„

Der halbwahnsinnige Philosoph, der mit seinen roten Augen einem Halbtoten ähnelte, unterbrach:

„Ich verstehe kein Weißt-du-was - wie ich schon sagte: nimm es und iss es!

Du wirst es nicht bereuen. Es ist sogar milchhaltig. Iss, bevor es schmilzt!"

Leo, der widerwillig einmal daran lecken wollte, nur, um dem Philosophen einen Gefallen zu erweisen, sagte im Stillen zu sich:

„Ich muß dankbar sein, daß er als Philosoph von solchen Methoden Gebrauch macht, um seine Schüler zu überzeugen. Wäre er statt Philosoph ein Profiboxer, sähe es bestimmt viel dramatischer aus. Ich mache es.

Schlimmer als Fleisch kann es nicht schmecken.

Außerdem ist es milchhaltig und riecht ja auch gar nicht so übel."

Er überließ sich seinem Schicksal und leckte vor den erwartungsvollen Blicken seines Freundes einmal fest an dem weißen Ding, das er in der Pfote hielt.

Es war sehr kühl und schmeckte in Leos trockenem und bitterem Mund so köstlich, daß er nicht mehr aufhören konnte, daran zu lecken und sogar darauf zu beißen.

Der Philosoph, der neben ihm auf seinem Stuhle saß, strahlte Zufriedenheit aus und sagte: „Das nennt man Eis, lieber Leo. Ich habe mich dafür entschieden, weil ich wußte, daß es Dir schmecken würde. Außerdem muß ich zugeben, daß so ein Eis die wirksamste Waffe gegen Trübsinn und Philosophie-Müdigkeit ist."

Und während er genüsslich weiter sein Eis schleckte, sagte er scherzhaft:

„Erstens solltest Du langsam essen, sonst kriegst du Bauchschmerzen.

Zweitens solltest Du wissen, daß die Kehle eines Philosophen manchmal vor lauter Wahrheitsfindung derart trocken wird, daß nur ein Eis als erfrischendes Gegenmittel helfen kann.

Ein Forschungsinstitut hat neulich bekannt gegeben, daß, je mehr Eis in einem Land gegessen wird, desto weniger wird in diesem Land Selbstmord begangen."

Leo schaute sinnend auf die Gäste an den Nebentischen und aß genüsslich sein Eis. Der Philosoph fuhr schmatzend mit der Zunge über seine Lippen, um die letzten Eisreste zu erhaschen, und witzelte:

„Ich persönlich bin der Meinung, daß die Erfindung des Eises genauso wichtig ist wie die Erfindung des Buchdruckes durch Gutenberg."

Sie aßen ihr Eis noch fertig und lachten zusammen. Nun waren sie enge Freunde geworden. Es schien, als hätte das Wunder der Freundschaft mit einem wahren Löwen, oder vielleicht auch das Eiswunder, den halbwahnsinnigen Philosophen von seinen Wunden geheilt.

Er wechselte das Thema, weil er über Wichtigeres mit dem Löwen reden wollte:

„Nun erzähl ein bisschen von Dir. Ich habe irgendwo gelesen, daß Du Dich für das Kino interessierst. Auch für diesen gut aussehenden Schauspieler, vor dessen Nase ich vorhin den Stuhl weggenommen habe. Stimmt's?"

Leo, der beschlossen hatte, weniger zu reden, um den Philosophen nicht durcheinander zu bringen, erwiderte:

„Ja, das stimmt. Und was diesen Schauspieler betrifft, habe ich ihn nicht nur wegen seiner Filme gern, sondern auch deswegen, weil er zehn elternlose Kinder adoptiert hat."

Der Philosoph antwortete unverzüglich und erzürnt:

„Ich wußte nicht, daß ein Löwe wie Du derartigen Wert auf Scheinheiligkeit legt"

und fuhr, Leos Worte nachahmend, fort:

„Zehn elternlose Kinder adoptiert! – Wie es aussieht, liest Du weder Zeitungen noch schenkst Du den Nachrichten Beachtung. Solche Maßnahmen dienen einzig und allein der Heuchelei und der Massenverdummung!

Dieser Herr, dessen Schwertkampftechnik und Aussehen auch mir gefallen, hat dreißig Millionen Dollar für ein wenig Mondstaub bezahlt, für den er keine Verwendung hat – nur um anzugeben!

Auch heute Abend, nach Beendigung des Bacchanals mit seinen Mafia-Freunden hier, wird er in ein teures Restaurant gehen, wo die Reichen für fünftausend Dollar eine Portion Tigerhoden zu sich nehmen können, von denen man behauptet, sie würden die Manneskraft enorm stärken."

Obwohl Leo ein Löwenherz in der Brust hatte, wurde er beim Hören der Geschichte mit den Tigerhoden etwas kleinmütig. Er warf dem Schauspieler und seinen Freunden einen zaghaften Blick zu und führte seine Beine, die er bis dahin bedenkenlos ein wenig gespreizt hielt, wieder zusammen.

Leos Reaktion ließ den Philosophen schmunzeln, ohne daß er, wie sonst immer, heftig ausflippte. Er schluckte sein Lachen herunter und meinte:

„Bravo Leo! Deine Reaktion gefällt mir sehr gut. Du betrachtest den Sachverhalt aus einem besonderen Blickwinkel."

Dann warf er einen flüchtigen und verspielten Blick Richtung Leos breiter Hüfte, wo die ängstliche Zusammenführung der Beine seine Hoden versteckt hatte, und sagte:

„Sehr aufschlussreich! Unsere komplizierte Welt, lieber Leo, wird durch ganz einfache Prinzipien zusammengehalten.

Wir verstehen die Gedanken und Gefühle der anderen – falls wir so etwas

beabsichtigen – am besten dadurch, daß wir uns in ihre Lage versetzen.

Eine alte und einfache Methode, aber sehr effektiv.

Und Du, mein lieber Löwe und einziger Freund, hast eben bewiesen, daß Du von dieser originellen Methode bestens Gebrauch machen kannst, indem Du Dich in die Lage eines armen Tigers hineinversetzt, dessen Hoden Menschen wie diesem gut aussehenden Schauspieler als Nahrung und Stärkung dienen."

Und wieder fing er an zu lachen. Der verwirrte Leo, der nicht wußte, ob der Philosoph alles ernst meinte oder nur seinen Spaß haben wollte, und sich außerdem für seine unbedacht ängstliche Reaktion schämte, sprach mit einem matten Lächeln:

„Wie es aussieht, führst Du mich heute Abend an der Nase herum.

Sag bitte die Wahrheit- nimmst Du mich etwa auf den Arm?"

Markus von Müllhausen entgegnete, daß alles, was er gesagt hatte, pure Wahrheit sei. Dann fügte er hinzu, daß er beabsichtige, sein nächstes und, wie er sagte, letztes Buch, in dem er die Geschichte der Entdeckung des sprechenden Löwen und seinen Einfluss auf die Gedanken der Menschen philosophisch untersuchte, bald zu veröffentlichen.

Leo, der seit seiner Kindheit Bücher liebte, freute sich sehr, als er erfuhr, daß ein gelehrter Philosoph ein Buch über ihn herausgeben wollte.

Er bat ihn darum, mehr über dieses Buch zu erzählen. Der Philosoph machte sofort ein ernstes Gesicht und sagte:

„Man muß dieses Buch erst lesen, um über seinen Inhalt und auch darüber, ob es verständlich oder unverständlich geschrieben ist, ein Urteil fällen zu können.

Ich werde Dir bestimmt ein Exemplar schenken. Aber vorab eine kurze Zusammenfassung:

Das Hauptthema beschäftigt sich mit der ‚Lehre von der Einheit des Seins', die Jahrhunderte lang umstritten war. Ich habe aber anhand von empirisch-wissenschaftlichen Experimenten auf dem Gebiet der Optik, sowie auch wissenschaftlichen Nachforschungen über die besonderen Merkmale des sprechenden Löwen dann philosophisch bewiesen, daß die Lehre der Wahrheit entspricht."

Das Staunen in Leos Gesicht, das er nicht verstecken konnte, verriet, daß der letzte Satz des Philosophen in einer außerirdischen Sprache an seine Ohren gedrungen war, einer Sprache, von der er bis dahin nichts wußte. Er sagte aber nichts.

Der Philosoph, der sein ganzes Leben mit Forschungen, Lektüren und Nachdenken über die dunklen und hellen Seiten der Natur und der menschlichen Seele verbracht hatte, wußte sehr wohl, daß die Feinheiten der Rhetorik und somit das Begreifen eines philosophischen Sachverhaltes, manchmal Stunden, Tage, Jahre, Jahrhunderte und leider sogar Jahrtausende in Anspruch nehmen können.

Daher gab er Leo mit deutlicher Mimik zu verstehen, daß sie vorläufig auf das Thema verzichten sollten.

Er erhob sich von seinem Stuhl und sagte:

„Mein lieber Freund, so geht es nicht, daß Du deine ganze Zeit in diesem Käfig verbringst, ohne auf die Straße zu gehen! Es wundert mich, daß dieser geniale Peter Papahn bis jetzt nichts dagegen unternommen hat.

Aber ich habe mir einen guten Plan ausgedacht."

Dann fuhr er sehr freundlich und familiär fort:

„Sag mir bitte die Wahrheit, Leo. Hat Frau Hamilton Dir verraten, daß ich ihr einen Heiratsantrag gemacht habe?"

Die Frage überraschte Leo. Erst jetzt verstand er, wie schwierig es sein konnte, mit einem Philosophen befreundet zu sein. Er senkte seinen Kopf und sagte lächelnd:

„Ja, das hat sie."

Vor lauter Freude wieherte der Philosoph lautstark los. Dafür gab es zwei Gründe:

Erstens unterstrich sein neuer Freund durch sein wahrhaftiges Geständnis die Tatsache, daß er in den Augen der Frauen als sehr wichtig eingestuft wurde; und zweitens erfuhr er so, daß Frau Hamilton sich noch immer an ihn erinnerte.

Ich glaube meinerseits, daß es der zweite Grund war, der sein Freudenwiehern ausgelöst hatte. Er warf Leo einen dankbaren Blick zu und sagte:

„Lieber Freund, ich glaube, die Zeit ist reif für ein zweites Eis. Bist Du einverstanden?"

Leo, der sich absichtlich ungeduldig gab, stampfte auf den Boden und sagte schelmisch:

„Ja, das bin ich. Bin sehr einverstanden!"

Er bemerkte, wie sein neuer Freund, dieser von den

Toten wieder auferstandene Philosoph, der einst um die Hand der schönen Frau Tina Hamilton angehalten hatte, und nun durch ein Eis und die Magie der Freundschaft gerettet worden war, sich entfernend mit aufgeregter Stimme sprach:

„Sei unbesorgt, mein Freund. Diesmal bringe ich Dir ein Eis mit Kokosnussgeschmack – und das in einem Eimer."

12

Der Philosoph sagte:

„Leo, kann ich Dir eine wissenschaftliche Frage stellen?“

Leo, dem bis dahin noch niemand eine wissenschaftliche Frage gestellt hatte, warf seinem neuen Freund, der seinem einsamen Leben eine heitere und belebende Erfrischung verliehen hatte, einen Blick zu und nickte mit dem Kopf als Zeichen seines Einverständnisses.

„Hör genau zu, Leo. Die Frage lautet: Wie könnt ihr Tiere Naturkatastrophen wie Erdbeben und Tsunami im Voraus spüren?“

Leo schloss kurz die Augen und versuchte, durch Rückbesinnung auf seine tierischen Instinkte eine passende Antwort auf diese wichtige Frage zu finden.

Dann sagte er scherzhaft:

„Was soll ich sagen?! Wie Du weißt, haben wir Tiere, ob Raub- oder Kriechtiere, Wiederkäuer oder Vögel, weder Wetterdienst noch ein Institut für Erdbebenvorhersage. Auch verfügen wir über keine Beobachtungs-Satelliten, die uns Umweltdaten zur Erde funken.“

Auch der Philosoph schlug einen scherzhaften Ton an, als er erwiderte:

„Ja, ja, darüber hat man mich gut informiert.“

Leo fuhr fort:

„Aber wenn ich meine tierischen Gefühle und Wahrnehmungen in Menschenworte fassen sollte, würde ich sagen, daß die Tiere ihre lebendige und sehr enge Beziehung zur Natur nicht verloren haben. Mit Deinen eigenen Worten ausgedrückt:

Sie verfügen über schärfere Augen und Ohren als die Menschen.

Jedes Mal, wenn Du einen Kanarienvogel, oder sagen wir einen kleinen zwitschernden und bescheidenen Sperling siehst, von dem man nicht weiß, woher er kommt oder wo er sein Nest hat, mußt Du wissen, daß er sich an jede Farbe des Himmels, die er tagtäglich sieht, erinnern kann und weiß, aus welchem Wind ein Sturm entsteht oder wann die Erde zornig wird."

Obwohl der bekannteste Löwe der Welt es in diesem Jahr geschafft hatte, durch die bitteren Lehren der Philosophie den süßen und magischen Geschmack des Eises kennenzulernen, und dank dem Plan seines neuen Freundes den Käfig zu verlassen und sich auf den Straßen ein wenig zu amüsieren, war dieses Jahr doch in jeder Hinsicht ein ungewöhnliches und denkwürdiges Jahr für ihn.

Der Fall von Bruno ereignete sich.

Und noch schlimmer als diesen Fall gab es den Aufstand der spanischen Stiere, die alle Errungenschaften Leos und seiner Freunde in ernsthafte Gefahr brachten.

Die Stiere hatten am ‚Tag der Stiere' bei einer feierlichen Zeremonie rebelliert, zweiundfünfzig Menschen auf den Straßen getötet und viele verletzt. Glücklicherweise hatte Leo die Einladung zu diesem Fest, alljährlich in einer spanischen Stadt stattfindend, abgelehnt – als ein Löwe, der schon mit seinen Taten bewiesen hatte, daß er gegen jegliche Form von Gewalt war.

An diesem Festtag gehören die Straßen den Stieren.

Man treibt sie durch die Stadt und durch die Menschenmengen - zum Teil Touristen, die aus aller Welt angereist sind. Erschreckt durch so viele Menschen, laufen die Stiere dann wie Wahnsinnige durch die schmalen Straßen und Gassen.

Dabei kommt es häufig vor, daß durch dieses Gerenne Füße, Hände und Rippen gebrochen werden. Manchmal fallen sogar einzelne Teilnehmer ins Koma.

Aber die Nachricht vom Tod von zweiundfünfzig Menschen in jenem Jahr erschütterte alle. Und weil ein Großteil der Opfer Touristen aus anderen Ländern waren, erregte die Nachricht von dieser Katastrophe weltweites Aufsehen.

Die Anti-Friedenspolitiker, die Feinde der Tiere und die Waffenbefürworter nutzten ihrerseits die Gelegenheit und starteten eine hässliche Kampagne gegen Tiere.

Obwohl Leos Maßnahmen erfolglos blieben und er es nicht schaffte, die aufständischen Stiere vor Gericht zu stellen, ließ die Angriffswelle seiner Feinde, die ihn aus dem Weg räumen wollten, bald darauf schlagartig nach.

Denn in den nächsten Tagen gaben die Berichterstatter bekannt, daß die Ordnung in jener Stadt wiederhergestellt worden wäre, und daß die Leichen vom Rebellenanführer, Ignacio de la Vieira, und zweihundertfünfzig anderen Stieren sich im Leichenschauhaus der Stadt befänden.

Mit dieser Nachricht beruhigten sich urplötzlich die Gemüter der Tiergegner vor den erstaunten und besorgten Augen von Leo und seinen Freunden.

Auch wurde bekannt gegeben, daß den Ermittlungen zufolge der Vater des Großvaters von Ignacio de la Vieira ein Baske gewesen wäre, ein wuchtiger Stier, der während des spanischen Bürgerkrieges zusammen mit dem gesuchten Dichter Federico Garcia Lorca von den faschistischen Handlangern Francos ermordet worden war.

Die Ermittlungen der Geheimdienstler waren derart akkurat, daß es ihnen sogar gelang, aus den untersuchten Kräutern, von denen die Stiere sich ernähren, zu beweisen, daß jener Stier, über den der Dichter in einem seiner Gedichte sprach, eben jener Vater des Großvaters von Ignacio gewesen war.

Leo konnte seit jeher keine Zuneigung zu den Stieren entwickeln.

Obwohl er ein liberaler Löwe war, der rassistischen Gesinnungen keine Beachtung schenkte und seit seiner Kindheit bedenkenlos mit dem Nachwuchs jeglicher Gattung spielte, sei es von Bären, Wölfen oder Affen – aber mit den Stieren, besser gesagt mit der Art, wie sie ihre Probleme zu lösen versuchten, konnte er überhaupt nichts anfangen.

Vielleicht hatten Bobos Lehren diese Abneigung verursacht. Denn von dem Augenblick an, als Leo groß genug war, um an den Tümpel geführt zu werden, hatte der gehörnte und erfahrene Uhu mit unvergessener Ernsthaftigkeit zu ihm gesagt:

„Ich bin gespannt, was Du heute alles machst. Aber ich möchte, daß Du Dich wie ein kluger Löwenwelpe verhältst. Obwohl ich ein alter gehörnter Uhu bin und nicht weiß, was es bedeutet ein Löwe zu sein, glaube ich, daß ein wahrer Löwe zuallererst lernen muß, seine Gefühle unter zu Kontrolle bringen.

Das heißt, Du darfst Dich am Tümpel nicht wie ein blöder Stier verhalten und Deinen Kopf sofort nach dem Ankommen ins Wasser stecken.

Denn das wäre ein nicht korrigierbarer Fehler. Du sollst, bevor Du Dich erfrischst, wie ein kluger Löwe Ausschau nach den Krokodilen halten."

Bobo hatte in der Tat alles sehr gut erklärt. Auch Leo hatte im Laufe der Zeiten keine guten Erfahrungen mit den Stieren gemacht.

Weder damals, als er sie im Herzen des grünen afrikanischen Dschungels am Tümpel beim Wassertrinken erlebte, noch heute. Und nun stand er vor vollendeten Tatsachen. Die Stiere hatten unnötige Gewalt angewandt und viele Menschen getötet.

Dadurch brachten sie nicht nur Leos Wünsche und Pläne in ernste Gefahr, sondern auch das Leben von Tausenden von wehrlosen Tieren und Menschen, die noch der Hilfe bedurften. Er hatte die wilden Stiere damals im Dschungel gesehen.

Sie kamen erschöpft und durstig von weit her, um Wasser zu trinken.

Kaum hatten sie den Tümpel erreicht, steckten sie

ihre Mäuler, wie Bobo es beschrieben hatte, hastig und unvorsichtig ins Wasser und luden dadurch die Krokodile zu einer festlichen Mahlzeit ein.

Das Erstaunliche war, daß diese Tiere, vor deren Augen ihre Familienmitglieder in Stücke gerissen wurden, blutgetränktes Wasser tranken und dann so taten, als wäre nichts passiert. Nachdem sie sich satt getrunken hatten, sprangen sie einfach davon. Und am nächsten Tag wiederholte sich die gleiche Szene wieder.

Anfangs, als Leo die wilden Stiere noch nicht so gut kannte, hatte er sogar Hochachtung vor ihrer Tollkühnheit.

Er schrieb dieses verbissene Verhalten ihrem Stolz und ihrer Tapferkeit zu.

Er hielt es für angemessen, daß sie sich von niemandem erpressen ließen, nicht von ihrem natürlichen Recht auf Wasser Gebrauch zu machen.

Aber nachdem er einige Male beobachtet hatte, wie sie das blutige Wasser tranken, schloss er als kluger Löwe daraus, daß die Wurzeln dieses Verhaltens viel tiefer lagen, und daß diese Tiere unfähig waren, aus schlechten Erfahrungen zu lernen.

Um zu ihrem Ziel zu gelangen, setzten sie nur ihre niedrigsten Instinkte ein und entschieden sich für eine aggressive Vorgehensweise.

Vielleicht waren es solche Kindheitserlebnisse an jenem Tümpel, die Leo lehrten, ablehnend gegen jegliche Art von Gewalt und blutigen Handlungen zu sein und denen, die bereit waren, sich selbst und andere zu opfern, um zu ihrem Ziel zu gelangen, keinerlei Vertrauen zu schenken.

13

Die Geschichte, wie der Philosoph seinen Plan, Leo aus dem Käfig zu befreien und ihn zum Luftschnappen auf die Straßen der Umgebung zu führen, in die Tat umsetzte, ist auch hörenswert.

Seine Idee war, wie er selbst gesagt hatte, sehr einfach.

Auch Tina Hamilton und andere Freunde Leos, die zuerst nicht eingeweiht waren, hielten sie für durchführbar. Sogar der geniale Peter Papahn, der mit einer einfachen Handberührung der Bäuche von schwangeren Frauen vorhersagen konnte, welche Berufe ihre Kinder wählen würden, schlug sich, nachdem er davon in Kenntnis gesetzt worden war, mit der flachen Hand gegen die Stirn und seufzte, warum er in all den Jahren nicht selbst auf diesen Gedanken gekommen wäre.

In Leos Gegenwart sprach er den Philosophen respektvoll an:

„Gnädiger Herr, ich gestehe offen, daß Ihr Blickfeld und Ihre Betrachtungsweise jedes Mal wie eine Quelle der Verwunderung und Eingebung auf mich wirken.

Dieser Plan hat mich zutiefst und stärker als je zuvor in Staunen versetzt.

Normalerweise werden die Personen, die man heimlich und unerlaubt irgendwohin bringen will, verkleidet und unkenntlich gemacht.

Aber da man einen Riesenlöwen wie Leo nicht einfach verkleiden kann, beabsichtigen Sie nicht ihn, sondern die anderen unkenntlich zu machen.

Denn als was soll man ihn verkleiden? Als Eiffelturm oder Freiheitsstatue?“

Der Plan war folgender:

Ein renommierter Masken- und Puppenhersteller wurde beauftragt, eine Reihe von Ganzkörperpuppen nach Leos Gesichts- und Körperform anzufertigen, welche ihm in jeder Hinsicht ähnelten.

Der Hersteller tat es und brachte Leo und seinen Freunden einige Exemplare zur Kontrolle. Die Exemplare erwiesen sich als derart originalgetreu, daß alle sehr erstaunt waren.

Wie ihr sicher wißt, gibt es heutzutage aufgrund des technischen Fortschritts echt wirkende Nachbildungen des menschlichen und des tierischen Körpers.

Es gibt sogar lebensgroße Puppen extra für diejenigen Menschen, die niemanden neben sich dulden können, aber auch mit der Einsamkeit nicht zurechtkommen.

Um ihre Isolation etwas erträglicher zu gestalten, leben sie mit einer dieser Puppen zusammen. Solche Puppen werden genau nach dem Geschmack und den Anweisungen des Auftraggebers gefertigt: Blonde oder schwarze Haare, kleine oder große Hände, gebräunte oder schneeweiße Haut, große oder kleine Augen, usw.

Von äußerlichen Merkmalen abgesehen gibt es auch Anweisungen zur inneren Beschaffenheit der jeweiligen Puppen.

Sie sollen so klug und einfühlsam sein, daß sie die Gefühlslage ihres Besitzers jederzeit richtig einschätzen können, und sei es auch nur durch den Ton seiner Stimme.

Wenn er traurig ist, soll die Puppe Mitgefühl empfinden und weinen. Ist er guter Laune, soll auch sie gut gelaunt sein und mit ihm lachen.

Ja, die ganzkörperlichen Löwenmasken sahen Leo verblüffend ähnlich. Sie waren so prächtig und naturgetreu nachgebildet, daß alle sie aufsetzen und sich in der Haut eines Löwen fühlen wollten.

Der Philosoph war der erste, der eine davon überzog und sich neben den wirklichen Löwen stellte. Dann kam der Designer und Leiter des Projekts dran, der das Gleiche tat. Als letzter schloss sich ihnen Peter Papahn an.

Vier gleich aussehende Löwen standen nun nebeneinander.

In diesem Moment trat Frau Hamilton in das Zimmer ein und schrie vor Staunen auf, denn sie konnte den richtigen Löwen von den falschen nicht unterscheiden.

Die anderen deuteten ihren Aufschrei als sicheres Zeichen dafür, daß das Vorhaben gelungen war, denn niemand kannte Leo besser als sie.

Der Philosoph, der Designer und Peter Papahn legten ihre Masken wieder ab, und der wirkliche Löwe kam zum Vorschein.

Der Philosoph war außer sich vor Freude, denn einerseits war sein Plan aufgegangen, und andererseits hatte seine ehemalige Studentin Tina Hamilton sich ihnen angeschlossen.

Eine große Anzahl von Löwenmasken kam innerhalb kürzester Zeit auf den Markt. Allein in New York wurden zehntausend Stück verkauft, was für die Popularität Leos bei Kindern und Erwachsenen sprach. Etwa sechzig Prozent vom Verkaufserlös jeder einzelnen Maske gingen an die Menschenrechts- und Umweltorganisationen.

Bei vielen Straßenfesten sah man hier und dort Menschen, die mit Leos Masken herumliefen oder ihren Geschäften nachgingen:

Einer verkaufte mit aufgesetzter Maske vor einem Kino geröstete Sonnenblumen- und Kürbiskerne, ein anderer vor einem großen Gasthaus Zeitungen, und ein dritter sammelte Spenden für Aidskranke. Vor einem Luxushotel sah man einen maskierten Portier, der die Gäste höflich hinein- oder hinausgeleitete.

Sogar einen Radfahrer sah man, der Leos nachgebildeten Kopf trug und dahin radelte, mit der Freundin von Mickey Mouse auf dem Rücksitz.

Denn sobald die Masken vom bekanntesten Löwen der Welt auf den Markt gekommen waren, wurden auch die Konkurrenzfirmen aktiv und stellten ihrerseits ähnliche Masken von verschiedenen anderen Tieren her.

Die Straßen glichen im wahrsten Sinne des Wortes einem Tiergarten.

Zurück zu unserer Geschichte: Als alles vorbereitet

und erprobt war, erklärte sich der ein wenig aufgeregte Leo bereit, zusammen mit drei engen Freunden – den einzigen Menschen, die über alle Einzelheiten jenes Planes Bescheid wußten – auszugehen und an einem Straßenfest teilzunehmen. Alle Beteiligten hatten ihr Aussehen mehr oder weniger verändert: Leo trug ein Stirnband, der Philosoph seine Löwenmaske, Peter Papahn hatte sich in einen gehörnten Uhu verwandelt und Tina Hamilton in einen schönen bunten Schmetterling.

Sie waren noch nicht weit gegangen, da fiel es Leo auf, daß er zum ersten Mal nach vielen Jahren im Begriff war, die Menschenwelt frei zu betreten.

Er konnte sich an den Fußgängern, Taxis, spielenden Kindern und Eisverkäufern gar nicht satt sehen. Und stellte dauernd Fragen:

„Sagt mal, kann man von dieser Straße, wo wir gerade stehen, loslaufen und andere Orte erreichen, z.B. Paris, die Chinesische Mauer oder den Nordpol?

Ich meine, kann man genau von dieser Straße nach Afrika gelangen?"

In jener Nacht feierte Leo mit seinen Freunden bis zum Morgengrauen.

Auch als die Straßenfeger kamen, um alles wegzuräumen, was sich während Festes angehäuft hatte, tanzten und sangen sie immer noch.

Der arme Löwe, der nach vielen Jahren seinen Käfig verlassen hatte und sich nun frei auf den Straßen bewegte, war außer sich vor Freude.

Er fühlte sich wie ein zu lebenslanger Haft verurteilter Gefangener, der nun erstaunlicherweise die Erlaubnis hatte, für eine Nacht seine Zelle zu verlassen und das zu tun, was er wollte.

In der Frühe, als sie sich in der Morgendämmerung auf den Heimweg machten, hatte der erschöpfte Löwe in der Tiefe seines Herzens ein wohliges Glücksgefühl.

Dieses durch die Freiheit hervorgerufene Gefühl hatte er das letzte Mal im grünen Dschungel seiner afrikanischen Heimat empfunden. Vor lauter Glücksgefühl richteten sich die Haare seiner prächtigen Mähne auf.

Erst jetzt begriff er, daß man die Freiheit in der Menschenwelt nirgendwo besser begreifen kann als auf den Straßen.

Die Menschen verlassen ihre Straßen und reisen zu Fuß, mit dem Auto, per Bahn, in Flugzeugen oder auf Schiffen zu den entlegensten Orten der Welt.

Warum eigentlich? Jede Straße verzweigt sich in viele Gassen, in jeder Gasse gibt es viele Häuser und in jedem Haus Menschen mit unterschiedlichen Träumen, Schicksalen und Lebensgeschichten.

Und so verbrachte Leo mit seinen engen Freunden viele Abende auf den Straßen, wo sie viel Gutes und Schlechtes erlebten.

Eines Abends wurden sie auf Menschen in einem Restaurant aufmerksam, die Leos Maske trugen und mit Gabel und Messer ein Steak aßen.

An einem anderen Abend rannte der Löwe in einem stillen Park, fern von den Blicken der frisch verliebten Pärchen, die sich irgendwo in der Dunkelheit versteckt hielten, freudig und befreit hin und her, amüsierte sich köstlich und zeigte seinen Freunden, was er alles konnte. Doch es sah so aus, als wäre jede

Vorsichtsmaßnahme nutzlos. Denn auch diese Pärchen hatten sich wie Leo und seine Freunde einen menschenleeren Ort gesucht. Während einer seiner Rennrunden tauchten auf einmal zwei Köpfe mitten in einer Wiese auf. Es war nicht klar, was die beiden dort trieben – aber es geschah nichts Schlimmes.

Leo sprang geschickt über sie hinweg, kehrte sofort zu seinen Freunden zurück und verließ mit ihnen den Park. Das Pärchen, das seinen Augen nicht traute, hielt dieses Ereignis für einen gemeinsam erlebten Zukunftstraum.

Ein paar Monate später bekamen sie ein Kind und nannten es Leo.

Als der Löwe und seine Begleiter sich weit genug vom Park entfernt hatten, sagte Leo in Bezug auf seine Lauffreudigkeit:

„Glaubt mir, Freunde, manchmal vergesse ich einfach, daß ich ein Tier bin und aus dem Dschungel komme."

Der Philosoph erwiderte lächelnd:

„Das ist nicht nur Dein Problem, es betrifft genauso gut auch die Menschen - mit dem Unterschied, daß sie gründlich vergessen haben, daß sie aus dem Dschungel kommen."

An einem anderen Abend liefen sie wie immer Eis essend durch die Straßen.

Das Eis war zu einer unverzichtbaren und saisonunabhängigen Begleiterscheinung ihrer Unternehmungen geworden.

Leo aß inzwischen Eis wie ein Profi, und der Philosoph machte überall Werbung für das Eis essen, wie ein Missionar.

Sie zogen stets nach Einbruch der Dunkelheit los, um nicht erkannt zu werden und in Gefahr zu geraten. Bei einem ihrer nächtlichen Wege gerieten sie Eis essend in ein Viertel, dessen Straßen und Gassen menschenleer waren.

Beißender Müllgestank drang in ihre Nasen. Tina Hamilton, die das Quartier kannte, spürte, daß sie in Gefahr waren. Sie blieb stehen, warnte und ermahnte zu sofortiger Umkehr. Leo, der die Spaziergänge leidenschaftlich liebte, lehnte ab – er wollte noch nicht in seinen Käfig zurück.

Der Philosoph, der wie immer eine Löwenmaske trug, schloss sich Leo an:

„Da Leo nun mal in einem solchen Viertel ist, wäre es zu schade, wenn er die unheimliche Furcht, die einen in solch verlassenen Straßen ergreift, nicht kennenlernen würde. Ich schlage vor, daß wir einen kleinen Spaziergang hier machen – und dann kehren wir wieder zurück."

In diesem Moment öffnete sich eine Tür hinter Peter Papahn und Tina Hamilton, und acht schwergewichtige Männer traten heraus, einer stärker und muskulöser als der andere. Das Erstaunliche war, daß sie alle gleichzeitig miteinander sprachen. Allerdings hielten sie beim Anblick von Leo und seinen Freunden inne.

Ihre Hände wanderten ruhig in Richtung ihrer Jackentaschen, womit sie ihre Kampfbereitschaft signalisierten.

Einer von ihnen, offenbar ihr Anführer, trat vor, schaute dem Philosophen direkt in die Augen und fragte herablassend: „Na, habt ihr Angst?"

Vor lauter Schreck erstarrte der Philosoph zur eigenen Statue und machte mit dem schmelzenden Eis in der Hand einen sehr komischen Eindruck.

Der Alkoholgeruch aus dem Munde des Anführers vermischte sich mit dem Müllgestank. Sie waren alle sehr betrunken.

Leo, der die Gefahr erkannt hatte, stellte sich wie ein Schutzschild vor seine Freunde und bemerkte: „Nein, mein Freund, solange Du nicht Deine Pistole ziehst, habe ich keine Angst!"

Dieser Satz wirkte so, als hätte Leo einen Geheimcode genannt, denn sofort zog der Anführer eine unter seinem Mantel versteckte Pistole hervor, zielte auf Leos Gesicht und sagte gereizt: „Und jetzt? Und jetzt?"

Alle erstarrten vor Schreck. Leo aber zeigte sich unbeeindruckt und bewegte sich nicht. Plötzlich senkte der Anführer seine Waffe und sagte mit trunkenem Grinsen:

„Sei froh, Monsieur Löwe, denn heute Abend hast Du Glück!

Erstens ist vor ein paar Minuten mein erster Sohn in einer Klinik zur Welt gekommen, und zweitens hast Du etwas in den Augen, das Dich aussehen läßt, als wärest du wirklich ein Löwe. Sag Deiner Mutter, sie soll Dir ein paar Kerzen anzünden!"

Dann zeigte er auf den als Löwe maskierten Philosophen und fügte mit angeborener Böswilligkeit hinzu:

„Aber auch dieser komische Löwe da hat Glück. Hätte er den eben aus deinem Mund vernommenen Unsinn ausgesprochen, dann hätte ich ihn wie einen

Hund umgelegt - ohne ihm auch nur die Gelegenheit zu einem Winseln zu geben."

Die Schlägerbande brach in schallendes Gejohle aus.

Die Waffe verschwand wieder genauso schnell, wie sie zum Vorschein gekommen war, unter dem Mantel des Gangsterbosses. Dann stiegen er und seine Männer in ihre Autos und fuhren davon.

Obwohl der ganze Vorfall nicht länger als eine Minute dauerte, war seine Nachwirkung dermaßen stark, daß Leo und seine Freunde, ohne ein weiteres Wort miteinander zu wechseln, eilends das Viertel verließen.

Der beleidigte Philosoph, der nicht begreifen konnte, warum der Gangsterboss ihn so heftig hasste, ging voraus und führte Selbstgespräche. Leo tat so, als hätte er aus dieser Affäre eine Lehre gezogen und würde seine Freunde demnächst nicht mehr dazu zwingen, sich in berüchtigten Stadtvierteln aufzuhalten.

In Wirklichkeit aber war ihm der Vorfall ziemlich egal, weil er ein abenteuerlustiger Löwe war, der spannende Ereignisse sehr genoss.

Als wahrer Löwe begriff er instinktiv, daß überall, wo man mehr Bewegungsfreiheit hat, sei es im Dschungel oder in einer Stadt, auch mehr Gefahren auf einen lauern.

Davon abgesehen fand die Geschichte ein gutes Ende.

Ein andermal, bei einem düsteren Sonnenuntergang, als Leo und Frau Hamilton sich auf einen nächtlichen Spaziergang vorbereiteten, kam der als

Löwe maskierte Philosoph mit einer Zeitung in der Hand herein. Er legte sie vor Leo und sagte mit trauriger Stimme:

„Es tut mir sehr leid, Leo, aber ich muß dir diese Nachricht überbringen."

Auf einmal schlug Leos Herz bis zum Hals. Seine angstvollen Augen verrieten, daß er die schlechte Nachricht geahnt hatte.

Im ersten Schrecken wollte er die Zeitung gar nicht berühren.

Bobos Gesicht tauchte vor seinem inneren Auge wieder auf.

Während der letzten Wochen hatte er allnächtlich in seinen Träumen und Albträumen den alten Freund gesehen, und nun sagte ihm ein ungutes Gefühl, daß die Nachricht Bobo betraf.

Die schöne Tina Hamilton nahm die Zeitung und hielt sie so in der Hand, daß Leo die aufgeschlagene Seite auch erblicken konnte.

Die Nachricht, oberhalb von einem undeutlichen Satellitenfoto, war kurz:

„Ein Braunbär, bekannt als Bruno, der in letzter Zeit revoltiert und die Menschen in seiner Umgebung bedrohte, wurde in den Bayerischen Alpen nahe der österreichischen Grenze erschossen."

Leo schaute mit großem Bedauern auf das letzte Foto seines früheren Spielkameraden. Bruno glich auf diesem Bild einem kleinen und dunklen Tintenklecks, der aus einer Schreibfeder auf die Zeitung getropft war.

Nichts außer Schweigen kann manchmal einem Freund gegenüber unser aufrichtiges Mitgefühl ausdrücken.

Tina Hamilton nahm still die Zeitung vom Tisch und streichelte mit ihren zarten Fingern wortlos die Mähne des leidenden Löwen.

Und der gefasste Philosoph legte seine Hand sanft auf Leos große Pfote.

Alle Freunde Leos kannten Bruno sehr gut.

Er war ein interessanter, kluger und etwas gefräßiger Braunbär gewesen.

Leo hatte ihn in seiner Kindheit kennen gelernt und zusammen mit ihm einige Male das blutige Wassertrinken der wilden Stiere am Tümpel beobachtet.

Das Schicksal trennte sie später voneinander.

Leo trat in die Welt der Menschen ein, Bruno blieb im Herzen des Dschungels zurück.

Jahre später, als Leo schon erwachsen und weltberühmt war, traf er seinen alten Freund auf einer Afrikareise wieder.

Da kam er gerade von einem Besuch beim Dalai Lama 327, dem Oberhaupt der Buddhisten, zurück, der ihm ein Glas Honig geschenkt hatte, den man in den buddhistischen Himalaya Klöstern gewinnt.

Und da er bei der Wiederbegegnung mit seinem alten Freund nichts anderes dabei hatte, schenkte er Bruno diesen Honig.

Wie ihr wohl wißt: Bären lieben Honig. Sobald der Braunbär den Deckel öffnete und der warme Honigduft ihm in die Nase stieg, führte er das Glas wie einen Krug voller Lebenselixier zum Maul und beförderte, vor den erstaunten Augen der Begleiter Leos, den ganzen Inhalt in einem Atemzug ungeniert in sich hinein.

Der Geschmack von Honig und das dadurch hervorgerufene Wohlgefühl bewirkten, daß Bruno sich entschloss, ein schon lange gehegtes Vorhaben in die Tat umzusetzen. Wegen dieses Planes hatte er Leo immer gesucht und ihn dann schließlich mit Mühe und Not wieder gefunden.

Gut gelaunt leckte er die letzten um sein Maul herum klebenden Honigtropfen ab. Er tat das mit dem Gefühl eines Tieres, das sich nicht sicher ist, ob es jemals wieder eine solche Gelegenheit bekommen wird.

Dann sprach er Leo in sanftem Ton an:

„Können wir uns unter vier Augen unterhalten?“

Leo warf seinen Begleitern einen freundlichen Blick zu.

Tina Hamilton, Peter Papahn und die anderen entfernten sich. Der junge Braunbär hob mit zittriger Stimme an:

„Ich hoffe, daß Du die Bodenhaftung noch nicht verloren hast.

Auch hoffe ich, daß Du noch weißt, wo Deine Wurzeln liegen und woher Du kommst.

Ich habe eine Bitte an Dich, weil ich Deine Hilfe brauche.

Ich bin des Dschungels überdrüssig geworden. Zwar kann ich nicht lesen und schreiben wie Du, aber ich werde bald wahnsinnig. Ich muß hier raus!“

Leo verschlug es erstmals die Sprache. Er überlegte, wie er diesem jungen Braunbären helfen und wo er ihn hinbringen könnte.

Zwei vergessene Honigtropfen rutschten von

Brunos Maul langsam herunter.

Als seine Zunge sie berührte, wurde er wieder vom magischen Geschmack verzaubert.

Er fuhr fort:

„Schau mal, Leo, Du bist selbst im Dschungel aufgewachsen und weißt, wie schwer es hier für einen Bären ist, ein wenig Honig zu erlangen.

Mit meinem massigen Körper muß ich manchmal einen dreißig Meter langen Baum hochklettern. Nasenlöcher und Maul sind mir von Bienenstichen regelrecht durchbohrt.

Das letzte Mal bin ich sogar so schlimm in die Kehle gestochen worden, daß ich davon einen dicken Kropf bekam und eine Woche lang nur mit einem Schilfhalm Wasser trinken konnte. Einmal hatte ich riesengroßes Glück, daß ich von einem dreißig Meter hohen Baum in einen Fluss fiel – sonst hätten mich die Bienen totgestochen."

Bruno wurde zunehmend intimer und jammerte:

„Liebes Onkelchen, ach, könnte ich doch wie Du mein Honigglas in der Tasche tragen, es herunterkippen oder auch den anderen davon anbieten!

Ich wünsche es so sehr! Warum geht es nicht?"

Leo, der ein Lachen unterdrücken mußte, erwiderte:

„Würdest Du bitte genauer sagen, was ich für Dich tun kann?"

Bruno fühlte sich ein wenig beleidigt und antwortete stolz:

„Nicht daß Du denkst, ich wollte Dir zur Last fallen. Ich will nur in einem Zirkus jobben, mein Brot verdienen und auf meinen eigenen Beinen stehen."

Und mit diesen Worten richtete er sich auf den Hinterbeinen auf, löste den Knoten eines aus Hanffasern geflochtenen Seils, das er um die Körpermitte trug, und ließ es wie die Dompteure laut knallen.

Erst jetzt wurde Leo auf seine beträchtliche Größe aufmerksam. Nach Augenmaß betrug sie etwa drei Meter. Dann nahm der Braunbär beide Seilenden in die Pfoten und zeigte Leo, wie gut er das Seilspringen beherrschte.

Geschickt wie die Profiboxer demonstrierte er unterschiedliche Sprungvarianten wie Hampelmann, Seitsprung, Twist, Laufschritt, Mehrfachdurchgänge und andere Tricks. Auch sprang er abwechselnd mit dem linken und dem rechten Fuß ab.

Zum Schluß versuchte er, das Seilspringen von jungen und schüchternen Mädchen nachzuahmen, um Leo zum Lachen zu bringen.

Der verblüffte Leo konnte sein herzhaftes Lachen kaum zurückhalten, und Bruno war überglücklich, daß seine Show ihm gefallen hatte. Um jeden Zweifel zu beseitigen, näherte er sich Leo und scherzte mit der Komik eines Zirkusclowns:

„Das war nur eine Kostprobe. Gib mir ein zweites Glas Honig und ich zeige Dir, was ich noch alles kann. Ich kann einen heißen Minirock anziehen und ich kann Dir sogar verraten, wo sich Freunde und Feinde aufhalten. Am besten könntest Du mich auf der Bühne und vor Publikum erleben, liebes Onkelchen."

Leo schaute sich lächelnd um. Tina Hamilton und die anderen, die alles aus der Ferne beobachtet hatten, konnten ihr Lachen kaum beherrschen. Leo war sehr beeindruckt. Brunos Leidenschaft und seine erstaunliche Begabung ließen keinen Zweifel daran aufkommen, daß er für den angestrebten Job wie geschaffen war.

Daher schrieb Leo ein Empfehlungsschreiben für seinen Freund, aber bevor er ihm dieses in die Pfote drückte, warnte er in einem ernsten Ton:

„Bruno, Du weißt, daß Du den Rest Deines Lebens in einem Käfig hinter Gittern verbringen wirst. Auch mir ist dieses Schicksal widerfahren, obwohl ich die Sprache der Menschen erlernt habe. Ich gebe Dir dieses Empfehlungsschreiben, weil ich Dich nicht der Erfüllung Deiner Wünsche berauben will.

Aber bevor Du es weiterleitest, überlege Dir ganz genau, was Dich erwartet."

Bruno war außer sich vor Freude. Er steckte den Brief behutsam hinter das Seil, das er um die Körpermitte trug, und antwortete aufgeregt:

„Sei unbesorgt. Ich weiß, was zu tun ist. Sei unbesorgt und meines großen, treuen Dankes gewiss."

Dann verabschiedeten sich die beiden Tiere voneinander.

Bruno machte im Zirkus große Karriere. Leo erhielt ständig Postkarten von ihm aus den verschiedensten Städten der Welt - von überall her, wo er als Zirkusstar aufgetreten war. Einem Bericht zufolge hatte er sogar in Monte Carlo einen Auftritt beim berühmten, jährlichen internationalen Zirkusfestival.

In dieser Reportage war unter anderem davon die Rede, daß elf kleine Kinder und ein Erwachsener vor lauter Lachen plötzlich nasse Unterhosen hatten.

In jenem Zeitungsartikel, wo Bruno als dicker Tintenklecks zu sehen war, kamen allerdings all diese Themen wie üblich nicht zur Sprache.

Der leidende, trauernde Leo schüttelte kummervoll seinen Kopf wie jemand, der seinen Bruder verloren hat, und flüsterte:

„Warum hat man ihn erschossen? Konnten diese gut ausgerüsteten Menschen den armen Bären nicht einfach betäuben und dann irgendwohin bringen, wo er niemanden mehr ärgern und beunruhigen würde?"

Allem Anschein nach war der Braunbär in letzter Zeit des Lebens im Käfig und des Seilspringens vor Publikum überdrüssig geworden.

Während einer Europatournee war er dann aus dem Zirkus ausgebrochen.

Nahe der deutsch-österreichischen Grenze wollte er sich frei bewegen und mit den Menschen so leben, wie er es sich wünschte.

Und nun hatte er dafür mit seinem Leben bezahlt.

Leo machte sich herzzerreißende Selbstvorwürfe und brüllte vor lauter Wut so markerschütternd, daß seine Freunde zusammenzuckten:

„Alles meine Schuld! Ich hätte doch wissen sollen, daß ein begabter, aber gefräßiger Bär wie Bruno unter Menschen keine Überlebenschancen hat!

Ich hätte diesen verdammten Empfehlungsbrief nicht schreiben dürfen!

Nur ein Dummkopf wie ich fädelt so was ein und bringt dann mit diesem absurden Freundschaftsdienst einen Bären in einen lächerlichen Zirkus!"

Leo hielt inne. Ihm war nur noch zum Weinen zumute. Und er hatte das Gefühl, als wäre sein eigenes Leben mit allen Höhen und Tiefen auch nichts anderes als ein lächerlicher Zirkus.

Der deutsche Philosoph in seiner Löwenmaske und die schöne Tina Hamilton in der Haut eines bunten Schmetterlings, die sich beide schon auf ihren nächtlichen Spaziergang vorbereitet hatten, fanden Leos Leiden so tief und schmerzhaft, daß sie still aus dem Zimmer gingen und ihn allein ließen.

Ab jenem Tage schafften sie es nie wieder, zusammen auf die Straße zu gehen.

Als Leo entdeckte, daß er sich selbst überlassen war, linderte sich langsam sein Schmerz. Nun fühlte er sich nur noch erschöpft und schläfrig.

Wie jemand, dem nichts mehr wehtun kann, ging er zum Kühlschrank, nahm einen Eimer voll Fruchteis heraus, setzte sich auf die Couch vor dem Fernseher und aß das traurigste Eis seines Lebens.

Ein paar Minuten später schlief er ein, während gerade „Vom Winde verweht“ lief.

In dieser Nacht träumte Leo von seinem lieben und gehörnten Freund Bobo.

Der saß auf seinem Baum in jenem nächtlichen Versteck im Herzen Afrikas, wo sie sich immer heimlich trafen. In seinem Traum war Leo noch klein und spielte in der Nähe des Baums. Bobo verhielt sich diesmal ungewohnt und ziemlich merkwürdig. Auch seine angenehme Stimme, mit der er sonst die schönsten Geschichten der Welt erzählte, klang jetzt kränklich.

Als Leo am nächsten Morgen erwachte, erinnerte er sich noch gut an das, was Bobo ihm mit jener Stimme im Schlaf gesagt hatte:

„Mein lieber Leo, wie Du schon weißt, das Weltenrad dreht sich immer weiter und weiter und bleibt meinet- oder deinetwegen nicht stehen. Das, was geschehen muß, geschieht, ohne auf jemanden zu warten. Mein lieber Sohn, wenn Du mich wiedersehen möchtest, mußt Du Dich beeilen.

Ich will Dir ein Geheimnis anvertrauen. Ich hoffe, daß wir uns nach zwei Sonnenuntergängen wiedertreffen können. In unserem gewohnten Versteck werde ich sehnsüchtig auf Dich warten."

14

Wie ihr wohl wißt, war Leo ein Löwe, der alle Zeichen und Träume immer sehr ernst nahm. Er stieg sofort in ein Privatflugzeug und flog gebrochenen Herzens, aber voller Eifer, in seine Heimat.

Einerseits freute er sich darauf, seinen Geburtsort wie auch seinen ältesten Freund und Spielkameraden, dem er viel zu erzählen hatte, wiederzusehen; andererseits konnte er auf dem langen Flug nach Afrika die Worte und das Gesicht seines lieben, ihm im Traum erschienenen Freundes nicht aus dem Kopf kriegen.

Die Erinnerung an seine Worte wühlte den erfahrenen Löwen vollständig auf.

Bobo hatte von einem letzten Wiedersehen gesprochen und von einem Geheimnis.

Wenn ihr nach langer Zeit wieder in eure Heimat zurückkehrt, werdet ihr von seltsamen Gedanken und Gefühlen heimgesucht.

Bilder aus eurer Vergangenheit ziehen wie auf einer Kinoleinwand an euren Augen vorbei. Auch Leo, dieser außergewöhnliche Löwe mit dem großen Herzen, der dreimal so groß wie ein normaler Löwe war, machte da keine Ausnahme.

Bevor sein Flugzeug landete, warf er voller Sehnsucht

einen letzten Blick auf das einzige Foto von Bobo, das er dem Gefängnisdirektor Jerry Dogfield mit tausend Kunstgriffen entwunden hatte und seitdem all die Jahre bei sich trug.

Er lächelte unwillkürlich, obwohl er wegen dem Tod des Braunbären noch immer traurig war.

Es schien, als ließe das verschlafene und schelmische Gesicht des gehörnten, gut aussehenden Uhus auf dem Bild, der auf Salomons fliegendem Teppich saß und den teuersten, glanzvollsten Diamanten der Welt in seinen Krallen hielt, der Schwere des Seins und der Trauer gar keinen Spielraum.

Behutsam, als wäre es ein zierliches, zerbrechliches Juwel, legte er das Foto wieder zwischen die Seiten jenes Buches zurück, das ihm einst seine Lehrerin geschenkt hatte, die Missionarin Schwester Aglaia Martinez. Bevor er das Buch schloss, fuhr er in unsagbarer Zärtlichkeit mit seiner großen Pfote über die mit der Zeit etwas blasser gewordene Handschrift von Schwester Martinez.

Große Tränen traten ihm in die Augen, die trotz vieler Schicksalsschläge und jahrelanger Gefangenschaft im Käfig, noch immer glänzten und in denen sich der grüne Dschungel widerspiegelte. Es war unklar, ob er aus Trauer oder aus Freude Tränen vergoß.

Er kam wieder zu sich, trocknete hastig seine Tränen und schaute um sich.

Nein, niemand hatte seine Tränen gesehen. Die Menschheit durfte nach wie vor glauben, daß nichts in der Welt einen Löwen zum Weinen bringen kann.

Plötzlich fiel dem Löwen auf, daß das Flugzeug während seiner geistigen Abwesenheit, als er tief in seine Erinnerungen versunken und sein ganzes Leben wie auf einer Kinoleinwand an seinen Augen vorübergezogen war, schon auf der Landebahn des Flughafens seiner Heimat im Herzen Afrikas rollte.

Froh darüber, daß seine Tränen nicht auf das Geschenk von Schwester Martinez getropft waren, schloss er das Buch und steckte es behutsam in seine Reisetasche, in der er immer ein wenig Salz und Brot für eventuelle Begegnungen mit Christoph Kolumbus bei sich trug – denn er wollte unbedingt verhindern, daß der Kapitän, wie nach der ersten Begegnung beim Karneval der Geister, das nächste Mal wieder mit leeren Händen sein Schiff besteigen mußte.

Noch einmal kontrollierte er seine Tasche.

Alles lag darin, was dabei sein sollte: Brot, Salz, Buch, Foto und die goldene Medaille vom Friedenspreis der Erde, der zum ersten Mal in der Geschichte einem Tier verliehen worden war.

Leo verspürte ein Gefühl großer Erleichterung, denn alles war nach Plan verlaufen, und er konnte sich fern von seinem Käfig nach Sonnenuntergang rechtzeitig am Treffpunkt einfinden.

Obwohl er privat und inoffiziell in seine Heimat eingereist war, kam ihm der Bürgermeister persönlich zur Begrüßung entgegen, sobald er das Flugzeug verließ. Auch viele Fotografen und Reporter waren dabei, die unerklärlicherweise von seiner Ankunft erfahren hatten. Die Fotos, die sie bei diesem Empfang machten, wurden später als die letzten Fotos von Leo bezeichnet.

Der Bürgermeister, der sich ununterbrochen mit dem Löwen ablichten ließ, wurde irgendwann müde. Eine willkommene Gelegenheit für Leo, seine große Pfote von der klebrigen Hand des Bürgermeisters zu befreien.

Alles lief bestens und Leo gelang es, sich einige Minuten vor Sonnenuntergang am geheimen, nächtlichen Treffpunkt einzufinden.

Er war zu der Erkenntnis gelangt, daß das Herz eines Löwen nur dann Ruhe und Vergnügen findet, wenn er sich frei im Dschungel bewegen kann.

Der Dschungel aber hatte sich während seiner langen Abwesenheit verändert, und so erwartete er, daß es ihm nicht leicht fallen würde, das nächtliche Geheimversteck auf Anhieb zu finden. Er war noch mitten in solchen Überlegungen, als er aufmerksam wurde auf einen langgezogenen Laut.

Er spitzte die Ohren:

„Buhoooooooooooooooooooo."

Ja, das war der Eulenruf seines lieben Freundes Bobo, der durch den grünen Dschungel hallte und Leo damit ein Zeichen gab. Als er diesen hallenden, wohlklingenden Ruf vernahm, kehrte Leo auf einmal in seine Kindheit zurück. Niemand auf der Welt war ihm so lieb wie Bobo.

Genauso wie in seinen Kinderjahren, wenn er von der Schule heimkehrte, lief er eilend seinem Freund entgegen. Buhoooooooooooooooooooo....

Bobo saß auf seinem Ast. Er wartete, bis der Löwe in Sichtweite kam.

Dann hörte er auf zu rufen. Leo blickte zum Himmel

hinauf. Die letzten Sonnenstrahlen verschwanden. Der Tag neigte sich dem Ende zu.

Voller Begeisterung und mit heiserer Stimme sagte Bobo:

Komm zu mir, mein lieber alter Freund. Lass sehen, ob im Herzen eines Löwen, wie Du einer bist, einem Löwen, der die Wechselfälle des Lebens erlebt und viele verschiedene Freundschaften erfahren hat, für einen alten und altersschwachen Freund noch Platz ist. Aber ich wußte schon, mein lieber Leo, daß Du rechtzeitig kommen würdest."

Der gehörnte und gut aussehende Uhu öffnete langsam seine Flügel und sprang vom Baum herunter, bevor der Löwe hochklettern und seine Knochen malträtieren würde, um ihn zu umarmen, und umhüllte wie früher Leos großen Kopf mit seinen breiten Flügeln. Leo war außer sich vor Freude.

Ohne ein Wort zu sagen, lief er stürmisch um ihn herum, beschnüffelte ihn, blieb stehen, berührte mit seiner riesigen Pranke sachte seine Flügel und wunderte sich, wie alt und gebrechlich sein Freund geworden war. Ganz instinktiv fing er daraufhin an, mit seiner großen Zunge das Gesicht des gehörnten Uhus abzulecken, der wie immer ein Auge zuhielt.

Bobo faltete seine Flügel zusammen, um den Löwen etwas fernzuhalten.

Er trat einen Schritt zurück, musterte seinen alten Freund und sagte mit seinem üblichen Humor: „Bleib bitte stehen, damit ich Dich richtig anschauen kann. Und schlecke mich nicht allzu sehr ab, Du bringst mich mit deiner nassen Zunge um den Schlaf. Ich bereite mich gerade auf mein Nickerchen vor, weil ich glaube, es verdient zu haben. Ich ziehe mich jetzt auf meinen Ast zurück, und Du erzählst mir, was Du in all den Jahren gemacht hast."

Bobo konnte auf einmal nicht mehr reden, weil er plötzlich einen heftigen Husten bekam. Mit Mühe und mit schwerfälligen Bewegungen, die von Erschöpfung und Krankheit zeugten, kletterte er wieder auf den Baum und setzte sich auf seinen gewohnten, sicheren Ast.

Der kritische Gesundheitszustand des Uhus betrübte den Löwen so sehr, daß er sich auf einmal an all das, was er ihm über sich und die vergangenen Jahre erzählen wollte, zu erinnern vermochte.

Er hatte sich gut auf diesen Moment vorbereitet, aber er konnte kaum etwas über die Lippen bringen. So sagte er nur:

„Verzeih mir bitte, lieber Bobo. Wegen meiner Abenteuerlust und all der Wünsche, die Du selbst in mir entfacht hast, konnte ich in den vergangenen Jahren nicht bei Dir bleiben und Dich zum Dank für all das, was Du für mich getan hast, ein wenig betreuen und pflegen. Aber jetzt…"

Leo verspürte einen krampfartigen Schmerz in der Kehle.

Bobo schien auf eine geheimnisvolle Art und Weise wach und munter zu sein, was seinem gewohnten Gemüt nicht unbedingt entsprach.

Ganz gelassen und humorvoll flüsterte er liebevoll:

„Na so was, das soll der bekannteste Löwe der Welt sein?!

Was redest Du überhaupt, mein liebster Sohn?

Vielleicht ist Dir gar nicht bewußt, daß Du mit Deinen

Taten einem gehörnten, erfahrenen Uhu wie mir viel Vergnügen und Freude bereitetest, die mich richtig aufgefrischt haben."

Leo schaute noch immer mit großen Augen liebevoll und schweigend zum schönen Uhu hinauf. Bobo, entzückt über die Wiederbegegnung mit seinem früheren Schützling, fuhr mit seiner warmen Stimme, mit der er ihm die schönsten Geschichten der Welt erzählt hatte, fort:

„Ach, mein lieber Leo. Du weißt nicht, wie seltsam und genussvoll es ist, wenn man eine Geschichte, die man selbst in Gang gesetzt hat, später aus den Kehlen der anderen hört und ihre Fortsetzung aus den Schnäbeln der Zugvögel, die von den verschiedensten Regionen der Welt hierher kommen.

Du hast dafür gesorgt, mein lieber Löwenknabe, daß aus dieser Geschichte ein Märchen wurde. Ich bin sehr stolz auf Dich.

Angenommen, Du wärest bei mir geblieben – was wäre dann geschehen?

Nichts! Wer weiß, vielleicht wärest Du jetzt wie Dein Vater irgendwo unter dem Schlamm begraben."

Dann fügte er in leichtem Ton und scherzhaft hinzu:

„Ich mache mir sogar Vorwürfe, weil ich Dich selbst auf diesen Weg gebracht habe. Du bist immerhin ein Löwe, aber es war Dir nicht einmal gegönnt, eine Familie zu gründen und in den Genuss körperlicher Berührung zu kommen."

Verlegen und mit einer Empfindung von Scham trat Leo von einem Bein aufs andere. Bobo verengte sein linkes Auge und witzelte weiter:

„Nun sag mal, konntest Du in all den Jahren von Deinem natürlichen Recht Gebrauch machen oder nicht? Du warst sehr angesehen und einflussreich, und in den Tiergärten der Welt wimmelt es nur so von schönen Löwinnen. Hast Du jemals vorbeigeschaut und Dein Glück versucht?“

Leo, der in Anwesenheit seines Freundes Raum und Zeit vergessen hatte, wurde rot im Gesicht und sagte mit kindlicher Schelmerei:

„Sehr lustig! Mußt Du ausgerechnet jetzt deine Späße machen?“

Bobo, der dank seinem Sinn für Humor jede Situation geschickt in eine lustige Szene verwandeln konnte, brach in ein Gelächter aus, das wie Balsam auf die Seele des Löwen wirkte. Er freute sich so sehr über dieses Wiedersehen mit Leo und wollte keineswegs zulassen, daß sein Wunsch nach einem Nickerchen dieses Zusammensein auch nur eine Sekunde lang beeinträchtigte.

Sie unterhielten sich ohne Pause bis zum Anbruch des neuen Tages über die verschiedensten Themen und Vorfälle, und nur Bobos trockener Husten unterbrach hin und wieder vorübergehend ihr Gespräch und ihr Gelächter.

Aber je näher die Morgendämmerung rückte, desto kürzer wurden die Abstände zwischen Bobos bedrohlichen Hustenanfällen.

Wider Willen mußte Leo an seine Worte denken, als er ihm im Traum erschien und in geheimnisvollem Ton vom letzten Wiedersehen sprach – traute sich aber nicht, Fragen zu stellen.

Diese Nacht war die einzige in Bobos Leben, die er

von Anfang bis Ende ohne ein einziges Schläfchen verbrachte. Als routinierter Geschichtenerzähler sah er kurz vor Morgengrauen die Zeit gekommen, Leo das im Traum angekündigte Geheimnis anzuvertrauen.

Sein Verhalten ließ darauf schließen, daß er genau wußte, daß ihm nicht mehr viel Zeit verblieb. Aber erstaunlicherweise deutete alles darauf hin, daß etwas sehr Wichtiges dem betagten Uhu Sorgen machte. Trotzdem erzählte er dem Löwen genüsslich Teile der Legende vom siebten Löwenwelpen:

„Leo, der bekannteste Löwe der Welt, war groß, kräftig und weltweit einzigartig….“

Leo - nun ein erwachsener Löwe, der ins Haus seiner Kindheit zurückgekehrt war – stand unter dem Baum und schaute liebevoll zum Uhu hinauf.

Bobo fuhr fort: „Öffnete er das Maul, konnten fünf Menschenköpfe gleichzeitig darin Platz finden. Sogar Königin Elizabeth III empfand es als eine ihrer größten Ehren, ihren Kopf persönlich in Leos Maul stecken zu dürfen.

Ferner war Leo das einzige Tier, dem in der Geschichte der Menschheit der Friedenspreis der Erde verliehen wurde.

Abgesehen von seinem prachtvollen Antlitz und seinem beispiellosen Körper, der dreimal so groß wie der eines normalen Löwen war, war er auch ein Löwe, der mit viel Ehrgeiz, Mühe und Ausdauer die Sprache der Menschen erlernt hatte, die er so wunderschön wie Shakespeare sprach.

Seine grandiosen, wohltätigen Aktivitäten, die er gemeinsam mit seinen Freunden durchführte, gingen in die Geschichte ein. Obwohl er ein hagerer

Welpe gewesen war, der nach sieben Geburten hintereinander das Licht der Welt erblickt und mit sieben Tagen seine Eltern verloren hatte, gelang es Leo schließlich, einen alten Wunschtraum der Menschen zu verwirklichen.

Soviel ich weiß, gibt es hier im Umkreis von mehreren hundert Kilometern niemanden mehr, der an Hunger leidet. Kinder können unbeschwert in die Schule gehen, sich richtig ernähren und sogar Vitamin B-Komplex einnehmen.

Obwohl es noch Krankheiten wie AIDS und andere gibt, bekommen die Patienten wenigstens wirksame Medikamente. Ich kann mit aller Sicherheit behaupten, daß das Leben heute freundlicher geworden ist.

Jawohl, Leo, dieser bekannteste Löwe der Welt, war ein Löwe, der die Literatur und die Mythen liebte. Und nun ist seine eigene Lebensgeschichte in aller Munde.

Nun spricht jedes kleine Mausekind in der Stadtkanalisation und jedes Sperlingsküken in seinem Nest davon, daß es sich ein besseres Leben wünscht, und auch davon, daß es seine Träume verwirklichen möchte.

Weißt Du, mein lieber Leo, es ist wahr, daß jedes Zeitalter sich mit seinen eigenen, vergangenen Geschichten und Märchen anreichert, um damit seine Wünsche und Träume zu verwirklichen. Mit anderen Worten: jedes Zeitalter braucht an erster Stelle seine eigenen, spezifischen Geschichten und Märchen."

Leo konnte seine Augen nicht von Bobo abwenden und war in seine weisen Worte versunken. Die prächtige Nacht neigte sich langsam ihrem Ende zu.

Tagesanbruch stand unmittelbar bevor.

Der schöne Uhu schaute zum Himmel hinauf, und als er seinen Kopf wieder nach vorne neigte, schien es Leo, als sei sein Freund urplötzlich um hundert Jahre gealtert. Hustend, von Sorgen geplagt und um Vortäuschung von Unbeschwertheit bemüht, sprach der Uhu:

„Und Du, ob Du willst oder nicht, hast dafür gesorgt, daß aus diesem Märchen eine wahre Geschichte wurde."

Dann hielt er inne, um in Leos Gesicht die Wirkung seiner Worte zu entdecken.

Er war ungewohnt wachsam, was manche als die Wachsamkeit vor dem nahenden Tod bezeichnen. Nichts in der Welt konnte ihn mehr betrüben, als Leo traurig zu sehen. Er fuhr fort:

„Nun, mein liebes Kind, die Zeit drängt, und ich muß bald gehen.

Höchste Zeit also, Dir das versprochene Geheimnis anzuvertrauen.

Deswegen bat ich Dich, hierher zu kommen."

Leo sagte nichts. Er ahnte, worauf es hinaus lief, und brach in Tränen aus.

Bobo wollte so schnell wie möglich sein Geheimnis offenbaren, um sich davon zu befreien. Darum zögerte er nicht länger und sagte:

„Mein lieber Leo, ich hoffe, daß Du mir verzeihst. Als ich Dir jenes Märchen erzählte, habe ich bestimmte Teile selbst erfunden und hinzugefügt. Nicht alle Einzelheiten stimmen mit dem überein, was ich von den anderen hörte."

Leo wurde starr vor Staunen. Wohl hatte er mit allen möglichen Äußerungen gerechnet, aber nicht mit dieser Bemerkung. Der kranke Bobo fuhr mit gekünstelter, bebender Stimme hastig fort:

„Oh, mein Gott. Oh, mein lieber Leo. Ich habe Dich mit diesem Bekenntnis traurig gemacht. Ich wußte nicht, daß es Dir wehtun würde. Nun muß ich mit der schmerzlichen Gewißheit, daß Du mir nicht verzeihen kannst, aus der Welt scheiden."

Obwohl er ganz krank und schwach war, ließ er gleich einem routinierten Schauspieler ein langes, von Husten begleitetes Buho erklingen und wartete mit einem geöffneten Auge auf Leos Reaktion.

Hier bewies Leo, daß er inzwischen viel im Leben gelernt hatte.

Mit einer gereiften, abgeklärten Geste stellte er sich unter Bobos Ast und sagte unendlich sanft und liebevoll:

„Mein lieber Bobo, mein gütiger Freund, Du warst mein bester Kamerad und Lehrer im Leben und Du bist es immer noch. Du mußt wissen, daß nichts in der Welt meine Liebe zu Dir aus meinem Herzen löschen kann.

Abgesehen davon gestehe ich ganz offen, daß Du mit dieser Fälschung meinem Leben eine schönere und tiefere, eine ganz besondere Bedeutung verliehen hast."

Die Zeit drängte. Die Sonne ging auf und die Begegnung zwischen den beiden Freunden näherte sich ihrem Ende.

Sobald Bobo Leos verzeihende, beruhigende Worte vernahm, fühlte er sich müde und sehnte sich erneut nach einem richtigen Nickerchen.

Er musterte genussvoll den Löwenwelpen, den er großgezogen hatte.

Es schien, als wollte dieser Augenblick andauern bis in alle Ewigkeit.

Aber dann sagte er abschließend:

„Übrigens, mein lieber Leo, Du sollst nicht traurig sein, weil ich aus der Welt scheiden muß. Es gibt keinen Grund zu trauern. Mein größter Wunsch ist in Erfüllung gegangen. Wir sind es selbst, die aus unseren Geschichten Märchen machen und aus unseren Märchen Wahrheiten.

Und davon abgesehen geht die Sonne gleich auf, und ich muß ein richtiges Schläfchen halten, worauf ich seit dreihundert Jahren warte. Und auch Du, mein lieber Sohn, mußt ein wenig an Dich denken."

Auf einmal ließ er ein herrliches Buho erschallen, das im ganzen grünen Dschungel zu hören war. Dann fing er an, seine Augen abwechselnd auf- und zu zumachen, genauso wie in Leos Kindheit, als er damit die Affenkinder zum Lachen brachte.

Und genau in dem Moment, als die Sonne aufging, schloss er seine beiden Augen gleichzeitig und erlosch. Kaum war er erloschen, da verwandelte er sich auf einmal vor Leos Augen in eine schön gestaltete Holzskulptur - einen gehörnten, gut aussehenden Uhu, der seine Füße mit ausgestreckten Krallen in den Baum-Ast tauchte.

Es war, als hätte ein einheimischer afrikanischer Künstler diese schöne Holzfigur direkt in einen lebendigen Ast geschnitzt. Wer sie sah, hatte den

Eindruck, als säße Bobo seit der Erschaffung des grünen Dschungels auf diesem Ast.

15

Was nach dieser letzten Begegnung geschah, weiß ich leider nicht. Ich weiß nur, daß man Leo, den bekanntesten Löwen der Welt, seit jenem Morgengrauen nie wieder sah. Ein Löwe seiner Größe, dessen Entdeckung neben der Reise in den Weltraum als das wichtigste Ereignis des Jahrhunderts galt, war spurlos verschwunden, als hätte er sich in Luft aufgelöst.

Viele Gerüchte und Mutmaßungen machten die Runde, die noch heute im Umlauf sind. Die Pessimisten meinten, Leo sei auf der Rückreise von Afrika ermordet worden.

Ein bekannter Waffenschieber, der auch maßlos der Jagd anhing, behauptete, er habe ihn erschossen und seine Haut hinge an der Wand seines Hauses.

Aber seid unbesorgt. Ich kann versichern, daß nichts davon wahr ist, denn ich bin der letzte Mensch, der Leo persönlich getroffen hat.

Nach dem mysteriösen Verschwinden von Leo kam ich eines Tages nach der täglichen Arbeit erschöpft nach Hause. Ich begrüßte meine Frau und küsste sie, wie es meine Gewohnheit ist.

Sie berichtete mir, auf dem Anrufbeantworter sei eine interessante Nachricht, die ich unbedingt hören solle. Sie sagte auch, daß sie beim Empfang der

Nachricht zu Hause war, aber nicht ans Telefon gehen wollte.

Ich schaltete das Gerät sofort an. Eine angenehme Stimme, die mir einen Auftrag erteilen wollte, bat um einen Termin für den nächsten Tag.

Es ging um ein erzählerisches Werk, das ich verfassen sollte, falls ich einverstanden sei. Ich wurde neugierig. Es schien ein interessanter Auftrag zu sein, denn der vorgeschlagene Treffpunkt konnte nicht verführerischer sein.

Ich sollte den Besitzer jener angenehm klingenden Stimme am Strand des Flusses Isar inmitten der Stadt München treffen, in der Nähe des renommierten Eiskiosks, den ich gut kannte. Mir gefiel der gute Geschmack des Auftraggebers, der sich für eine wunderschöne Gegend entschieden hatte und nicht für eine verkehrsreiche Kreuzung.

Nach einigen Überlegungen entschied ich mich, am nächsten Tag zur vorgeschlagenen Zeit dort zu sein. Was ich auch tat.

Nicht weit vom Kiosk setzte ich mich auf eine abgelegene Bank und sah mich suchend um. Einige Augenblicke später tauchte plötzlich ein ungeheuer großer Löwe vor mir auf – vor lauter Schreck wäre ich beinahe in Ohnmacht gefallen.

Unwillkürlich schrie ich auf. Aber dieselbe angenehm klingende Stimme wie auf dem Band bat mich freundlich, die Ruhe zu bewahren.

Und erst jetzt erkannte ich, daß Leo, der bekannteste Löwe der Welt, vor mir stand.

Er führte mich in einen kleinen Hain von Bäumen,

wo wir uns ungestört unterhalten konnten, stellte sich arglos vor und meinte, ich möge doch seine Lebensgeschichte niederschreiben und veröffentlichen.

Obwohl ich mich über diese Begegnung sehr freute, lehnte ich sein Angebot mit folgender Begründung ab:

„Du ahnst nicht, Leo, welche Probleme Du mir damit bereiten würdest.

Weißt Du überhaupt, was Rechnung bedeutet?

Oder was man alles tun muß, um am Monatsende die Miete zahlen zu können?

Davon abgesehen muß die Lebensgeschichte des bekanntesten Löwen der Welt nicht niedergeschrieben werden, weil sie jeder kennt, viel besser als ich oder sogar Du selbst. Außerdem bin ich Prosaist. Bestenfalls bin ich ein Poet.

Für die Poesie braucht man nur Inspirationen, und die Inspirationen hat der Poet unabhängig davon, was er gerade tut. Er hat sie, sogar wenn er Pizzas oder chinesische Spezialitäten ausliefert."

Obwohl wir uns bis dahin nicht persönlich kannten, erwiderte er ganz freundlich:

„Was heißt das, Du bist kein Poet, mein Freund?! Glaubst Du, daß ich für die Taten, die ich vollbringen konnte, geschaffen war?"

Dann schenkte er mir das schönste Lächeln, das ich jemals in meinem Leben gesehen habe, und fuhr mit funkelnden Augen fort:

„Was wird dann aus der Botschaft jenes Gedichtes, das vom trunkenen Gezwitscher der Sperlinge und dem ungewöhnlichen Gesang der Kanarienvögel spricht, und auch davon, daß man das Märchen seiner

Zeit erzählen soll und es dann den anderen überlassen, ob sie daran glauben oder nicht?

Und das ist längst nicht genug. Es gibt viel mehr zu berichten, denn man hat immer noch nicht alles über meine Geschichte erfahren. Zum Beispiel habe ich über meinen Freund Bobo bisher nichts erzählt, und Du wirst sehen, daß meine Lebensgeschichte ohne ihn keine Bedeutung hat."

Ich war sprachlos und brachte kein Wort hervor. Die Größe dieses Löwen überwältigte mich, und ich starrte ihn nur an.

Froh über mein Schweigen begann er aufs Neue:

„Bist Du mit einem Eis einverstanden? Bald schließt der Kiosk, und wir sollten uns beeilen, wenn wir noch etwas bekommen möchten. Für mich bitte vier Kilo mit Kokosnussgeschmack."

Schade, daß ihr nicht dabei wart, sonst hättet ihr sehen können, wie er das Eis vertilgte.

Ich begriff erst dann, woher er mich kannte, als er Bezug auf jenes Gedicht nahm. Aber ich blieb bei meiner ablehnenden Haltung und sagte:

„Du bist mir sehr lieb, lieber Leo, aber bitte lass von mir ab, denn ich bin nicht die geeignete Person dafür."

Leo legte mir seine große Pfote, die größer war als das Greifwerkzeug eines jeden Erdenwesens, freundlich auf die Schulter.

Ich spürte ihre Wärme in meinem ganzen Körper. Es war eine herzliche Beistandsbekundung, wie ich sie bis dahin noch nie erlebt hatte. Ich willigte ein.

Und dann erzählte mir Leo seine Geschichte mit all den Einzelheiten, von denen niemand etwas wußte.

Als er zu Ende erzählt hatte, verabschiedete er sich und ging.

Ich blieb auf dem Strand des Flusses zurück und sah, wie er die Isar entlanglief und in der Münchener Nacht verschwand, begleitet von den Lichtstrahlen des Mondes.

Ich hielt mein Versprechen und schrieb seine Geschichte mit viel Mühe anhand von seinen Erzählungen und anderen Fakten nieder.

Ihr fragt mich nun bestimmt, was schließlich aus ihm wurde, wo er ist, was er jetzt macht, und ob er noch lebt oder nicht. Meine umfangreichen Recherchen haben mich mit vielen Mutmaßungen konfrontiert, die mir irgendwie glaubwürdig erscheinen.

Manche sagen, er sei nach Casablanca gegangen, habe Rick's Café Américain gekauft und helfe den illegal eingereisten Emigranten.

Von der Südküste Italiens traf vor kurzem die Nachricht ein, daß ein großer afrikanischer Löwe fünf Kinder gerettet habe, deren Eltern auf der Flucht ertrunken waren.

Er habe sie heil an die Küste gebracht und sei dann sofort verschwunden.

Einige seiner Anhänger meinen, sie hätten in einigen Städten einen Leo-ähnlichen Löwen gesehen, der vor den Schnellrestaurants MacDonalds und Berger King Spenden für Hungerleidende in Afrika sammle.

Manch andere, die Leo nur aus den Berichten der Boulevardpresse und von den Paparazzi-Fotos kannten, vertraten nachdrücklich die makabre Meinung, die schöne Tänzerin habe schlussendlich doch noch Leos Herz erobert und sei mit ihm auf ihre große Privatinsel geflohen. Auf dieser Insel hätten sie es sich nun gemütlich gemacht, säßen Orangensaft trinkend unter Palmen, und zögen unzählige adoptierte Kinder groß.

Ob das stimmt oder nicht, weiß ich nicht, aber Fakt ist, daß die Tänzerin ihre künstlerische Laufbahn beendete, weil sie, wie sie sagte, sich demnächst ihrem Privatleben widmen wolle.

Bevor ich es vergesse, möchte ich euch noch etwas sagen, obwohl ich weiß, daß ihr mir nicht glauben werdet: Leos Entdeckerin, nämlich die junge schöne Wissenschaftlerin Frau Professorin Tina Hamilton, die die Geschichte von Leo aus dem Herzen jenes grünen Dschungels in unsere Häuser brachte, und Markus von Müllhausen, der den jungen Löwen mit dem süßen Geschmack des Eises und dem bitteren Sinn der menschlichen Gedankenwelt vertraut machte, haben sich schließlich das Jawort gegeben und nennen ihre gemeinsame Tochter Leona.

Peter Papahn, der geniale Talententdecker und Lehrer, setzt seine Tätigkeit als Leiter des internationalen Projektes „Brot und Erziehung" erfolgreich fort.

Ich persönlich, der ich mit eigenen Augen gesehen habe, mit welcher Wonne Leo Eis aß, tendiere zu der Annahme, daß er irgendwo in der Welt eine Eisdiele eröffnet hat.

Aber ich habe noch eine andere starke Vermutung, die ich ebenfalls mit euch teilen möchte. Vor einiger Zeit berichteten die Medien, daß der blinde Löwe Mardjan unter rätselhaften Umständen aus dem Zoo von Kabul entführt wurde.

Man hatte zu diesem Zweck einen Krankenwagen eingesetzt.

Unter diesem Bericht war auch das bekannte Foto zu sehen, das den blinden Löwen mit Leo zeigte.

Das Foto stammte aus der Zeit, als Leo ihn im Zoo von Kabul besuchte.

Was soll ich noch dazu sagen?

Leo war sehr kollegial und wohlwollend.

Er hatte Mardjan versprochen, ihn wieder besuchen zu kommen. Wer weiß - vielleicht hat er Wort gehalten und seinen Freund irgendwie gerettet.

Mardjan hatte immer davon geträumt, den Käfig verlassen zu können und den Rest seines Lebens in einem Dschungel zu verbringen.

Vielleicht hat Leo dazu beigetragen, daß sein Traum trotz seiner Blindheit endlich in Erfüllung ging.

Über das Verschwinden unseres Löwen gibt es auch andere Spekulationen, die mir bemerkenswert erscheinen.

Genau einen Tag nach der Ankunft in seiner Heimat und nach Veröffentlichung der letzten Fotos, die ihn zusammen mit dem Herrn Bürgermeister am Flughafen zeigten, erschien ein Bericht in einer Lokalzeitung.

Laut diesem Bericht hatten einige Einheimische bei Tagesanbruch ein großes Schiff, einem Piratenschiff sehr ähnlich, am Himmel gesehen, das wie ein Ufo blitzschnell über die Stadt hinweg geflogen und im Herzen des grünen Dschungels gelandet sei. Allerdings konnten die Experten nicht bestätigen, daß ein Raumschiff irgendwo gelandet wäre. Auch Spuren von Außerirdischen wurden nicht gefunden.

Alles stützte sich auf die Aussage der Augenzeugen.

Aber wenn ich jetzt in Ruhe alle Fakten zusammentrage und einer umfassenden Prüfung unterziehe, komme ich zu der Annahme, daß sogar der eben erwähnte, unbedeutende Bericht, der sich mit der Besichtigung eines Raumschiffes befasste, möglicherweise der Wahrheit entspricht.

Vielleicht ist ja wiederum ein Horn ertönt und Kapitän Kolumbus mit seinem Raumschiff im Herzen von Afrika gelandet, um einen neuen Passagier an Bord zu holen.

Vielleicht hat Leo sein Versprechen eingelöst und die Sachen, die er jahrelang mit sich herumschleppte, nämlich Brot, Salz und Pfeffer, seinen Freunden übergeben.

Wer weiß, vielleicht sitzt er heute zusammen mit diesen Freunden auf jenem Schiff, das Jahrhunderte lang die wirklichen und erdachten Weltmeere befuhr, um die Insel der Glückseligkeit zu finden.

Danksagung

Besonderer Dank gilt Monika Schardt, die aus Freundschaft und Großzügigkeit die erste Lektorarbeit vorgenommen hat.

Ich danke außerdem Herrn Peter Ruge, der - lange vor der Veröffentlichung dieses Buches und obwohl vielbeschäftigt - die erste Übersetzungsfassung Lektüre gelesen hat und mir mit Rat und Tat zur Seite stand.

Behzad Mihankhah kam 1968 in einer freiheits- und literaturliebenden Familie in der iranischen Stadt Arak zur Welt und lebt seit 2001 in München. Bevor er nach Deutschland kam, veröffentlichte er ein paar Gedichtbände in seiner persischen Muttersprache in Iran und arbeitet als Jourbalist für renommierte Zeitungen und Zeitschriften.
In seinem Erstlingsroman, Leo, der als Fabel betrachtet werden kann. entführt er den Leser in das außergewöhnliche, ereignisreiche Leben eines sprechenden Löwen. Er schildert ausführlich seinen abenteuerlichen Weg aus einem grünen Dschungel im Herzen Afrikas bis ins Zentrum des weltweiten Interesses, sowie seine Entwicklung zum bekanntesten Löwen der Welt.
Mihankhah überzeugt vor allem durch seine bildreiche Sprache und ausschweifende Sätze, die diese Geschichte wundersam und beinahe märchenhaft wirken lassen. Sein Löwe vereint eine fabelhafte und kindliche Weltsicht mit einer politisch orientierten Suche nach der richtigen Lebensweise und der perfekten Weltordnung, Utopie. In der Fabel vermittelt Behzad Mihankhah das Ideal von sozialer Gleichheit und Freiheit.